千古一诗经

第三只眼看《诗经》

QIANGU
YI
SHIJING

杨国儒 ◎ 著

海天出版社（中国·深圳）

图书在版编目（CIP）数据

千古一诗经 / 杨国儒著. — 深圳：海天出版社，2016.6
ISBN 978-7-5507-1603-2

Ⅰ．①千… Ⅱ．①杨… Ⅲ．①《诗经》—诗歌欣赏 Ⅳ．①I207.222

中国版本图书馆CIP数据核字(2016)第070307号

千古一诗经 第三只眼看《诗经》
QIANGU YI SHIJING DISAN ZHI YAN KAN SHIJING

出 品 人	聂雄前
责任编辑	周　航
责任技编	蔡梅琴
插　　画	许晓瑜
装帧设计	线艺设计 电话 83460339
出版发行	海天出版社
地　　址	深圳市彩田南路海天综合大厦7-8层（518033）
网　　址	www.htph.com.cn
订购电话	0755-83460202（批发）　83460239（邮购）
设计制作	深圳市线艺形象设计有限公司　0755-83460339
印　　刷	深圳市希望印务有限公司
开　　本	787mm×1092mm　1/32
印　　张	8.5
字　　数	200千
版　　次	2016年6月第1版
印　　次	2016年6月第1次
定　　价	36.00元

海天版图书版权所有，侵权必究。
海天版图书凡有印装质量问题，请随时向承印厂调换。

这灿烂的季节一定到来

朱仲南

国儒先生在今年的某一天，踏着洒满阳光的大地，跑到深圳海天出版社联系出版专著的事，把人吓了一跳。就如某些同志从领导岗位退下来后，回到大学母校教书，令不少人觉得很新奇一样。其实，国儒先生写书，某些同志到大学执教，是十分正常、恰当的事。就像姚明投一个篮、打一个穿插那样，符合身份，毫无造作。因为他们本来就是专业上的好手、行家。

国儒先生这两年闭门看书，除了每年去西藏悟性、悟道外，就在那里写一些读《诗经》后的随笔、杂文等好文章。不少人确实感到惊讶，也不排除有人觉得这事太"神秘"了，怎么过去从来没听说过国儒有这本事、有这功夫？读《诗经》是不容易的事，如果我们一边读《诗经》，一边把我们的感悟、我们的现实联系进去、融化其中，去撰写随想、随感，没有扎实的史学功底和文学功底，是做不了的。这不能不说是一个谜，怎么一个公务员，后在事业单位工作许久的干部，竟有这般能耐？在这，笔者来解这个谜吧。

20世纪70年代末，笔者与国儒先生同年留校，在华南师范大学任教。他分在历史系，笔者在教育系。留校后分宿舍，巧了，刚好又分在同一层楼，而且在斜对面。读书时我俩已熟，毕业又一起当助教，实在是一件好事。

国儒先生很受系里师生的欢迎，一是他为人正直，从来没有那些阴阳怪气；二是他的专业知识扎实，记忆力甚好。我们这些年轻的助教都认定，他一定是我们这群人中最早当上教授的。我们那时候根本没有什么科级、处级、厅局级、副部级的概念。我们想的是怎样才可不辜负学校的信任、厚爱，怎样读好书、教好书、不误人子弟。把书读好，把学生教好，以此为荣，这就是我们的目标与理想。

国儒先生和笔者不属于那种聪明人，但也不算是很愚昧的人，在那个年代，我们就已经逐渐发现一些很不利于我们在大学教书的事情了。那时，社会上有一阵风，很蔑视工农兵大学生的风，认为这些人都是张铁生，不读书，没文化。尽管我们从来不认识张铁生，也决不交什么白卷，更没有整过什么人，但是，我们被列入工农兵大学生的队列里。尽管我们属于尖子生留校任教，但同样受到冷眼和歧视。那一竿子打将过来，我们统统被打下水，像一只只落汤鸡。依国儒的性格，依笔者的性格，是决不会忍受这种侮辱的。走吧，憋着一口气，与其畏畏缩缩地"相濡以沫"，不如相忘于江湖来得痛快明白。

机会终于来了，国儒先生的老岳父，这一位老革命，要调去深圳某单位，并出任主要领导人。可他老人家除了打仗和在家里捣鼓军用望远镜，工作中有极强执行力外，家务事一窍不通。所以，国儒先生的太太必须要去照顾，国儒本人也就趁此机会告别高校教师生活，去特区创业了。

他去深圳时，在广州还有一公家宿舍，就在美丽的沙面岛附近，印象中有三房一厅，这在当时已属于很好的住房了。国儒先生一家去深圳，房子就交给我照看。那一晚，笔者住在他家里，并没有像电视剧的套路那样泪洒衣襟，长吁短叹，也没有像诗朗诵那样，一说去特区开发就高亢激昂地描绘如何装扮大好河山。我们略懂历史，可以推理出深圳更需要的是什么。而且，不管如何，这一走，总比待在学府里被一些人蔑视、歧视爽快。国儒先生去意已定，那就祝福吧。在那时，笔者也下定决心，离开高校，寻找理解与尊严。

一晃，多少年过去了。国儒先生和无数仁人志士一样，为了特区的建设付出了他应有的贡献。但随着时光的流逝，我们总感觉有些什么事没去做，有一个初心初愿的梦境不时提示我们，希望我们能继续读书，继续写作，更加充实地生活。就这样，国儒拿起了笔。

对《诗经》的研究学习，要吃透、嚼烂，悟出正理、悟出正道，要有"通识"作为强有力的基础，这样的随笔，这样的杂文才会有史学味、哲学味、文学味以及伦理味。这样的文章才显得有新意，生动活泼，有一种田园乡土味儿，更像朋友间的谈心，学友间的切磋。当然，对后生读者，又有一种启发，一种没有架子的点拨。

国儒先生每写一稿都给笔者看，笔者从不敢以一个曾经的省新闻出版局局长的身份与角度去看这些文章，而是一如当年在助教楼一样，很认真地阅读国儒很认真撰写的文章，当然，不时还会回上几句由衷的赞美之辞。

国儒先生一下笔，便停不下来了，又当回那个教书郎，当回那个看书人。一篇、两篇、三篇……一路写下去，现在已可以结集出版了。这是深秋时节，这是丰收的季节，多少年前期待的这一个丰收的日子，已经来临。

国儒先生来电邀约，希望我来写序。笔者很少为人写序，一则没资格；二则过去长期从事新闻出版管理服务工作，谨言慎行，不敢乱说乱动。但面对的是国儒，也只有从命，于是执笔行文。

如今写这类书的人不多了，因为这类书需要作者有国学修养，有一种做学问的坐冷板凳的精神，又要有一种觉悟，透着一种对人生的理解。笔者希望读者会喜欢这类读物，放下功利心，遏制烦躁心，捧一杯茶，读书、悟道。

祝国儒先生新书顺利出版。写书如播种，成书是硕果，出版是收获，这是灿烂的季节，一定会到来的。

写于广州东湖之畔

（朱仲南，曾任广东省委宣传部副部长、广东省新闻出版局局长）

大哉《诗经》：时代在变，情怀不变

陈万雄

千百年来出现的著作，恒河沙数，在历史长河的浪淘沙中，绝大部分著作随岁月而消逝。有部分著作或许曾雁过留声、挥手云彩，历史长河的某一瞬间，却雁过声断、手落云消。只有极少数的作品，能不因时代而磨损，晶莹剔透，光芒四射，这就是"经典"。"经典"之为经典，在于它点透宇宙人心的奥秘，道出人世间的永恒。

《诗经》之所以为中国经典，不仅由于它是中国诗歌文学的最早结集，而且更重要的是，"诗三百，一言以蔽之，曰：'思无邪'"，道尽了人世间种种时代在变、情怀不变的永恒。谓"诗言志"，我不太愿意全理解为高蹈的庙堂之志，也不喜欢归结于虚空的哲理，而更愿意理解为人世间人之为人的志趣、情怀。正因如此，《诗经》所言，是万古不灭、大众皆备、人人可解悟的情怀。

　　一生读书，种种拘限，错过了太多的经典，心内常有读书"虽多亦奚以为"的遗憾。到了"还读我书"的日子，最大心愿是补读经典。其中，在中国经典中，《诗经》自然被列为应最先补读的一部。我专业虽治历史，《诗经》对我来说却并不陌生。在中学阶段，我就读过不少《诗经》的篇章，至今尚可朗朗上口。我还教授过两年中学高年级的中国语文和文学课，为了备课，亦读了不少关于《诗经》的古今著作。但总的来说，对《诗经》的理解不深、不透，更缺乏通读原著的真切体会。这样一本道尽了人世间情怀的经典，岂可不读？孔老夫子说："不学诗，无以言。"我的理解是：不仅是说《诗经》文辞简朴、优雅、丰富，以及"乐而不淫，哀而不伤"的情调襟怀，而且《诗》三百首，无论言情与说理，曲尽了人世间种种的情怀、志望，读之往往有"于我心有戚戚焉"的感受。

　　旧同事、老朋友国儒兄，退休后，悠悠林下，沉醉书法，还读我书。却闲而不息，日以精研《诗经》为事，今发为文章并结集成书，乐遵所嘱为之序。关于《诗经》的著作，多矣。国儒兄此书独辟蹊径，每篇拈出《诗经》中所见的一种人世间的情怀、志望，以现代语言，妙述解悟，并勾勒出原诗的历史背景，两千多年前的典籍，融注为今调，令读者无所隔阂。兼且观照当前，知人论世，启牖人心，可谓深得"世事洞明皆学问,人情练达即文章"的真谛,是当前难得的《诗经》导读本。

(陈万雄,博士,曾任香港联合出版集团总裁、香港饶宗颐文化馆馆长)

写在前面

这两年有了自己可支配的时间,还债式地读一些中国古典文学原著,如《易经》《论语》《孟子》等,最后暂停在《诗经》上。

记得在大学任教时曾接触过《诗经》,那已是很久前的事了,也仅是一个概念的认识,相当肤浅。

重读《诗经》,有一种时空穿越的感觉。我们无法重现或重回《诗经》年代,但每每读起《诗经》,两三千年前的那天籁、地籁、人籁随之飘来,空灵悠扬,既陌生又熟悉,听着听着,下意识地也就唱起了和音。《诗经》就在身边,就在当下。

《诗经》博大厚重,高山仰止,以至于孔老夫子发出了"不学诗,无以言"之劝世明言。吾学《诗》,敬畏《诗》。自知学殖荒疏浅陋,仍小心翼翼于弱水三千取一瓢饮之,只有取一瓢之能耐,一瓢亦已饮足矣!于是就有了效颦自汉以降学《诗》的"断章取义",也就有了借题发挥之直抒胸臆的心得浅悟。

其间,深得徐剑先生的启发和"唆教","厚"颜无忌地将《诗经》系列短文陆续示众于微信朋友圈，旨在分享和求教。后有幸于方炳焯先生的偏爱，系列短文得以在《中山日报》连载至今。

《诗经》系列短文共101篇，最初以"《诗经》中的经典诗句"为题，中途改为"第三只眼看《诗经》"。今取其中60篇集结成册，成书前经聂雄前老师的点拨，正式取名为"千古一诗经"，意蕴中华文化源远流长，积厚流光，《诗经》不遥远。

十分感谢旧知好友朱仲南先生、亦师亦友的前上司陈万雄先生的关注、赐教、支持和题写书序，让我领略到了古人所云"君子之交淡如水"之内涵真谛，穆如清风。

集腋成裘的过程，如同在不经意间怀上了，生了，接生的是"海天出版社"。

老年得子，诚惶诚恐。

杨国儒
2016年临近春节于深圳莲花山下

目录

思无邪

002 是爱情的品位 也是爱情的本来
　　——窈窕淑女，君子好逑　《周南·关雎》

007 人面桃花 宜室宜家
　　——桃之夭夭，灼灼其华　《周南·桃夭》

011 它惊艳了时光 温暖了世情
　　——执子之手，与子偕老　《邶风·击鼓》

015 此美只应天上有
　　——巧笑倩兮，美目盼兮　《卫风·硕人》

019 有的爱 永远是爱
　　——中心藏之，何日忘之　《小雅·隰桑》

023 我就觉得你最好
　　——岂其娶妻，必齐之姜　《陈风·衡门》

027 几度细思量 情愿相思苦
　　——汉有游女，不可求思　《周南·汉广》

031 这是灵魂与灵魂的交融
　　——有美一人，清扬婉兮　《郑风·野有蔓草》

035 画面太美 我不敢看
　　——月出皎兮，佼人僚兮　《陈风·月出》

039 看你千遍也不厌倦
　　——有女同车，颜如舜华　《郑风·有女同车》

044　人生因你而美丽
　　　　——匪女之为美，美人之贻　《邶风·静女》

048　两处茫茫皆不见
　　　　——所谓伊人，在水一方　《秦风·蒹葭》

052　浪漫总在黄昏后
　　　　——绸缪束薪，三星在天　《唐风·绸缪》

056　情到浓时也入诗
　　　　——有女怀春，吉士诱之　《召南·野有死麕》

060　等你的人一定很爱你
　　　　——采采卷耳，不盈顷筐　《周南·卷耳》

064　奔了几千年的男女私情
　　　　——榖则异室，死则同穴　《王风·大车》

068　弃妇怎么了　谁活不是活
　　　　——反是不思，亦已焉哉　《卫风·氓》

073　你是人间四月天
　　　　——君子于役，不知其期　《王风·君子于役》

077　努力伸出手　也无法触及你的指尖
　　　　——其室则迩，其人甚远　《郑风·东门之墠》

081　一舟千意蕴　舟载万古情
　　　　——泛彼柏舟，在彼中河　《鄘风·柏舟》

《诗》可兴

086　生命的大圆满
　　　　——蜉蝣之羽，衣裳楚楚　《曹风·蜉蝣》

090　一座山的故事
　　　　——秩秩斯干，幽幽南山　《小雅·斯干》

094	飞蓬不是荒芜 素面源于自信	
	——岂无膏沐，谁适为容	《卫风·伯兮》
098	投出的是情 回报的是爱	
	——投我以桃，报之以李	《大雅·抑》
102	如饥似渴也是情	
	——未见君子，惄如调饥	《周南·汝坟》
106	一抹杨柳 抹出世情万千	
	——昔我往矣，杨柳依依	《小雅·采薇》
110	盎然动感的民俗风情画	
	——七月流火，九月授衣	《豳风·七月》
114	最古老的一首军歌	
	——岂曰无衣，与子同袍	《秦风·无衣》
118	为求一字稳 耐得半宵寒	
	——如切如磋，如琢如磨	《卫风·淇奥》
122	美玉的前世今生	
	——他山之石，可以攻玉	《小雅·鹤鸣》
126	一只公鸡的进化史	
	——风雨如晦，鸡鸣不已	《郑风·风雨》
129	最是黄昏惹人愁	
	——式微，式微，胡不归	《邶风·式微》
133	大音希声 母德无言	
	——是用作歌，将母来谂	《小雅·四牡》
137	举杯世情酒 一饮醉古今	
	——厌厌夜饮，不醉无归	《小雅·湛露》
141	背井离乡 乡愁无解	
	——维桑与梓，必恭敬止	《小雅·小弁》
145	乡愁是一首悲怆的心曲	
	——怀哉怀哉，曷月予还归哉	《王风·扬之水》
149	世间只有孝敬父母不能等	
	——欲报之德，昊天罔极	《小雅·蓼莪》

153　酒饮千杯知己少
　　　——知我者，谓我心忧；不知我者，
　　　谓我何求　《王风·黍离》

157　行到水穷处　坐看云起时
　　　——人亦有言，进退维谷　《大雅·桑柔》

161　有一种记忆　它从《诗经》走来
　　　——报以介福，万寿无疆　《小雅·甫田》

《诗》可观

166　惠风和畅　岁月静好
　　　——琴瑟在御，莫不静好　《郑风·女曰鸡鸣》

171　一抹清风　化养万物
　　　——吉甫作诵，穆如清风　《大雅·烝民》

175　女子有才亦有德
　　　——驾言出游，以写我忧　《邶风·泉水》

180　人生就是一场送别
　　　——瞻望弗及，泣涕如雨　《邶风·燕燕》

184　君子和而不同
　　　——言念君子，温其如玉　《秦风·小戎》

188　人　有时候不是人
　　　——人而无礼，胡不遄死　《鄘风·相鼠》

192　一匹老马的意象
　　　——老马反为驹，不顾其后　《小雅·角弓》

196　有一种处世态度叫明哲保身
　　　——既明且哲，以保其身　《大雅·烝民》

200 占着茅坑不拉屎
　　——彼君子兮，不素餐兮　《魏风·伐檀》

204 老而不死是为贼
　　——匪面命之，言提其耳　《大雅·抑》

208 道可道 人之道
　　——鸢飞戾天，鱼跃于渊　《大雅·旱麓》

212 人言可畏 还是人言可戏
　　——人之多言，亦可畏也　《郑风·将仲子》

216 历史密林中迤逦而行的队伍
　　——考槃在涧，硕人之宽　《卫风·考槃》

221 春天不是读书天
　　——春日迟迟，卉木萋萋　《小雅·出车》

225 一句诗引发的"断章取义"
　　——溥天之下，莫非王土　《小雅·北山》

230 "父母官"之困惑
　　——乐只君子，民之父母　《小雅·南山有台》

234 人生路上 走着走着就成了"克隆"
　　——独行踽踽　《唐风·杕杜》

238 日有思 夜有梦
　　——吉梦维何？　《小雅·斯干》

242 凤凰去已久 正当今日回
　　——凤皇于飞，翙翙其羽　《大雅·卷阿》

246 山高人为峰 大道任我行
　　——高山仰止，景行行止　《小雅·车辖》

思无邪

千古一诗经　第三只眼看《诗经》

《论语·为政第二》

子曰:"《诗》三百,一言以蔽之,曰:'思无邪'。"

孔子说:"《诗经》中三百多首诗,用一句话概括,就是思想纯真。"

是爱情的品位 也是爱情的本来
——窈窕淑女,君子好逑

在沈阳清故宫,有一座命名十分浪漫的建筑——关雎宫。它是沈阳故宫中"崇德五宫"之一,是一座很有故事的后宫,其当时的主人便是一颦一笑皆妩媚的宸妃,名叫海兰珠。

海兰珠嫁给清太宗皇太极时已26岁,史称其肌肤如玉,温婉贤淑。而此时的皇太极已过不惑之年,比宸妃大17岁。在众多的后妃中,皇太极对宸妃情有独钟,并封她为"东宫大福晋",宸妃集万千宠爱在一身,地位仅次于皇后,为后妃之首。宸妃生有一子,为皇太极第八子。子凭母贵,小八一出生便享受皇太子待遇,可惜的是,小八未满周岁便夭折,宸妃因此忧郁成疾,一病不起。

皇太极得知消息后,立即从战场撤离,日夜兼程赶回盛京,并为此跑死了五匹良马。当他赶到关雎宫时,宸妃已命归瑶池,终年33岁。皇太极悲痛欲绝,几次昏死过去。为表示对爱妃的悼念,皇太极赐谥号为"敏

惠恭和元妃",视宸妃为元配嫡妻。宸妃死后不到两年,皇太极也驾崩归天,魂追爱妃。

一座关雎宫演绎出如此浪漫情愫,实为历朝皇帝后宫生活所少见。"关雎宫",取意于《周南·关雎》。

关关雎鸠, 雄雌雎鸠咕咕和鸣,
在河之洲。 相伴在河中沙洲上。
窈窕淑女, 漂亮贤淑的俏女子,
君子好逑。 该是君子的好匹配。

——《周南·关雎》首章

"《易》基乾坤,《诗》始《关雎》。"《周易》以乾坤两卦为基石,象征着天地设立,卑尊以陈,奠定了宇宙万物秩序的基础。而古人把《关雎》列为"诗三百"开篇诗,为统领全诗的地位,可见对它的评价之高。孔子谓此诗是"乐而不淫,哀而不伤"。这充分体现了儒家的中庸之道，也是孔子对《诗经》的基本定调。

《关雎》是一首"吉士怀春"的男女言情之作。诗中描写了一个君子对淑女的追求过程：未得女子时，心中忧思苦念，彻夜辗转难眠；设想求而得之时，心情愉悦，弹琴奏乐庆贺之。诗中那句脍炙人口、历久弥新的"窈窕淑女，君子好逑"，是男女相悦的形象写照，也是求爱示好的代名词。

何谓窈窕淑女？何谓君子好逑？学术界存在不同版本、不一样的诠释。

西汉杨雄在《方言》中写道："美心为窈，善容为窕。"三国时期曹魏名臣王肃也认为："善心曰窈，善容曰窕。"在古代，"窈窕"一词还有深邃、幽美之意。因此，"窈窕"并不等同容貌的美丽和身段的婀娜，它是内在和外在的统一。"窈"，指的是内在、美心和女德；"窕"，指的是外在、美体和容颜。

20世纪60年代有一部颇具口碑、中文译名为《窈窕淑女》的外国电影，讲述一个貌美动人但却粗俗不堪的卖花女，如何经过语言学教授的调教后，最终脱胎换骨的故事。该影片形象地诠释了"窈窕淑女"的涵义，告诉人们外在美也许是养眼，也许是迷惑；而内在美则是气质美，优雅美，真的美。

与淑女对应的是"君子"。"君子"一词最早出现于西周，其含义既有别于孔武尚勇的英雄好汉；又不同于生得"花一般娇、粉一般嫩"，最后愣是被围观女人活活看死的卫玠这类所谓的千古美男。

《诗经》中共有 61 首诗出现"君子"一词,概而言之共有三种解释:一是仁人君子,亦可称为好人;二是指在位者,就是诸侯、官僚;三是女人对丈夫的称谓。君子的完整表达是"正人君子"。除对丈夫的称谓的个人情感外,"君子"的含义包括了仁德操守,不仅要仪表端庄、性情谦和,还要有很高的道德修养且举止高雅,合乎规范。

《关雎》不是写实,而是虚拟,即"思之境"。如牛运震所言:"辗转反侧,琴瑟钟鼓,都是空中设想,空处传情,解诗者以为实事,失之矣。"

《关雎》亦给后人留下传世名句,如"辗转反侧",极为传神地表现了恋人的相思苦况,白居易《长恨歌》"孤灯挑尽未成眠"很可能是借此而来;又如全诗最后一句"钟鼓乐之",更是"千金难买美人笑"之类故事的原型。

当然,该诗的影响远不止于此。汤显祖《牡丹亭》笔下的杜丽娘,在被深锁春闺且怀春难耐之时,正是《关雎》唤醒了她的迷惘,给了她冲破封建礼教的勇气,终于化梦境中的憧憬为现实中与柳梦梅的爱情浪漫……

我问佛:如果遇到了可以爱的人,却又怕不能把握该怎么办?

佛曰:留人间多少爱,迎浮世千重变。和有情人,做快乐事,别问是劫是缘。

这是 2000 多年后,心中是佛眼前是她的仓央嘉措在那离天最近的高原,与佛祖的心灵对话。拈花微笑,悟了世情。

"窈窕淑女,君子好逑",这是爱情的品位,也是爱情的本来和未来。

人面桃花 宜室宜家
——桃之夭夭,灼灼其华

又是烟花三月,家乡的桃花盛开了。远远望去,像一片飘落在山坳的彩霞,当你置身其中,莫名的亢奋油然而生。

她们一朵挨着一朵,一枝偎着一枝。向上开,向下开;向左开,向右开;开成了一柱,开成了一树,开成了一片。那盛开的朵朵,神态迥异,婀娜多姿。那粉红的花瓣、艳黄的花蕊,更是嫣然妩媚,招蜂引蝶。

她们宛如花季少女,又似春之仙子:有的嘟着小嘴,好生怜惜;有的亭亭玉立,楚楚动人;有的明艳娇贵,热情奔放;有的略显羞涩,含情脉脉……微风拂过,淡淡清香,沁人心脾,令人迷醉。

时光倒流,2000多年前那诗人或许当时正置身于此景,徜徉于茂盛的桃林,观赏着盛开的桃花。时景时情,让他想起了那待嫁的姑娘,心中祈愿她有好的归宿,于是写下了那首流芳千古的《桃夭》:

桃之夭夭,灼灼其华。
之子于归,宜其室家。

桃之夭夭,有蕡其实。
之子于归,宜其家室。

桃之夭夭,其叶蓁蓁。
之子于归,宜其家人。

《周南·桃夭》共三章,第一章以绚丽的桃花比喻女子的娇美和待嫁;第二章以桃树的果实比喻新娘早生贵子;第三章以桃树开枝散叶比喻家族的香火鼎盛。清人方玉润在《诗经原始》中说:"此亦咏新婚诗,与《关雎》同为房中乐,如后世催妆、坐筵等词。特《关雎》从男求女一面说，此从女归男一面说，互相掩映，同为美俗。"

诗中的"夭夭"指的是盛壮貌，是一种不可抗拒的生机美，暗喻女子身体健康和有生育能力；"灼灼"指的是鲜艳貌，靓丽到夺目刺眼的程度，暗喻女子亮丽娇媚，艳若桃李。"桃之夭夭，灼灼其华"，这八字看似信手拈来，却是妙入毫巅，贵有神韵，把喻美写到了极致。正如刘勰《文心雕龙·物色篇》所言，以"灼灼"喻桃花之鲜，是思考千古也难易一字的佳句。"桃之夭夭，灼灼其华"说的是三月里桃树长得正茂盛，盛开着嫣红百媚的花朵，喻比花季少女适时婚嫁。

据《白虎通·嫁娶》记载："嫁娶必以春者。春，天地交通，万物始生，阴阳交接之时也。"也就是说，春天是阴阳交接、万物生发的季节，而男属阳，女属阴，男女此时婚配符合自然规律，是顺应天时之为、吉利之举。可见，周代一般都在桃花盛开的春天进行嫁娶，而古代坊间亦俗称三月为"桃月"。先秦时代，嫁娶绝对是一件兴师动众的事，孔子所说的"饮食男女"中的"男女"，应是从婚恋嫁娶开始，此乃人类生命的延续，为男女之大事，家族之大事，国家之大事。从这个意义上讲，《桃夭》还是一首古人对生命繁衍的赞歌。

有意思的是，曾几何时，千古名句竟变成了"逃之夭夭"，溜之大吉，"桃树"跑了，"夭夭"也不再表茂盛而成了语气助词，这是因谐音所引发的诙谐挪用或有趣误用。在日常生活中，成语的曲解和误用不时发生，有的已被世人接受，有的却莫名其妙。如"电光石火"，往往被误用为"电光火石"，一般人情有可原，可连著名节目主持人都屡屡误读，就讲不过去了。何谓火石，火石又怎能呼应电光？

在我国文学史上，用花，特别是桃花，喻比女性美人的俯拾皆是。如南北朝陈叔宝的"红脸桃花色，客别重羞看"；唐人韦庄的"依旧桃花面，频低柳叶眉"；宋人陈师道的"玉腕枕香腮，桃花脸上开"。如同以牡丹作画一样，这种艺术手法用多了，很容易落入俗套，患上叠床架屋之病。这也难怪有人认为，第一个以花喻美人的是天才，第二个以花喻美人的是庸才，第三个以花喻美人的是蠢材。

其实不然。经过几千年文人骚客的反复雕琢，花之灿烂早已定格为女人、美人的形象符号，只是用得是否适时、是否得当而已。

《周南·桃夭》的诗人诚然是位天才，其诗作是以花喻美的祖宗和典范，正如清人姚际恒《诗经通论》中说："桃花色最艳，故以喻女子，开千古词赋咏美人之祖。"当然，铭刻在古今之人心坎的，还有唐人崔护那首《题都城南庄》："去年今日此门中，人面桃花相映红。人面不知何处去，桃花依旧笑春风。"

好一个"笑春风"，还是"依旧"！何谓"春风"？是催生万物的和畅惠风，还是踏青而来的翩翩君子？

它惊艳了时光 温暖了世情
——执子之手,与子偕老

在日常生活中,我们不时收到被戏称为"红色炸弹"或"喜庆罚单"的婚礼请柬。请柬上往往印着"执子之手,与子偕老"八个字,这字面意思是:紧紧拉着你的手,和你一起白头到老。意指对爱情婚姻的承诺,忠贞不渝,相知相守一辈子。但你可知道,这句话源自《诗经》,出自一个普通士兵的情感倾诉。

死生契阔，　纵使是生死离合，
与子成说。　我俩有誓言在先。
执子之手，　记得紧握你双手，
与子偕老。　承诺一起过到老。

于嗟阔兮，　叹息与你久别离，
不我活兮。　这样活着没意义。
于嗟洵兮，　叹息你我的约定，
不我信兮。　难以实现那誓言。

——《邶风·击鼓》四、五章

  值得留意的是，后人研究此诗似乎有所突破。上海辞书出版社出版的《诗经三百篇·鉴赏辞典·击鼓篇》认为，诗中第四章的顺序本来应是："执子之手，与子成说。死生契阔，与子偕老。"只是诗人"为了以'阔'与'说'叶韵，'手'与'老'叶韵，韵脚更为紧凑，诗情更为激烈，所以作者把语句改为现在的次序"。余以为不无道理。

  《诗经》由《风》《雅》《颂》三部分组成。《风》诗共有160首，其中约三分之一为描写爱情婚姻的诗歌，表现内容丰富多彩：有单思的，有相思的；有失恋痛苦的，有婚嫁喜庆的；有暂别苦思的，有久别无期的；有婚后反目的,有相守笃厚的。诗人将当时的爱情婚姻以及世俗观念,通过诗歌表达出来,思想率真,情感淳朴。

《击鼓》正是一首描写久别苦思,重逢无期的爱情诗歌。

《击鼓》共五章,讲的是西周卫国征夫思妇的故事,丈夫应征入伍,远征沙场但归家无期。第四、五章描写了男子在压力与痛苦下,唯有思念远方的妻子,聊以慰藉,但兵役在身,征战在外,男子最后也只能叹息:我们彼此相隔如此遥远,那份誓言可能难以实现了。

"执子之手,与子偕老",这是一个远征士兵的铁骨柔情,金戈铁马中的喃喃心语;这是烽火连三月中的深情眷恋,"无复生还想,终思未别前";这是一个伤情感怀的故事,悲怆中见真情,无奈中有坚守。

我们不要期望爱情总能得偿所愿,总是美满幸福,这不符合生活的本来模样,也不是爱情的真谛。果真如此的话,爱情也无须追求,也就廉价了。

纵观古今,生死相许的爱情总是那么令人感动:

西汉卓文君一句"愿得一人心,白首不相离",谁不为之动容;

歌手赵照轻唱一曲:"当你老了⋯⋯只有一个人还爱你虔诚的灵魂,爱你苍老脸上的皱纹",又让人勾起了多少回忆和憧憬而潸然泪下;

还有只因一段台词,记住了张爱玲的《倾城之恋》:"⋯⋯执子之手,与子偕老,⋯⋯我想那是最悲哀的一首诗，……可是我们偏要说，我永远和你在一起，我们一生一世都不离开……"

爱情是一种精神状态，其内涵是心灵的滋养，其坚守是情感的执着。生死相许，守住那慢慢变老的光阴，是浪漫，亦是幸福。"执子之手，与子偕老"，生命的长度就是爱的延续，多么质朴而情真，简单而浪漫。这是生命的誓言，也是生命的全部。十指紧扣，两心相依，温情至老，夫复何求？

执手偕老时，淡淡流年香。"执子之手，与子偕老"，它是2000多年前最纯朴的婚姻期冀，也是《诗经》中最动人心魄的爱情誓言，更是平凡感人的至情至真。它从问世起，千年不变，震古烁今，惊艳了时光，温暖了世情！时有古今而情无二致。

　　静好岁月，与伊酌；
　　世态炎凉，与伊笑；
　　铅华褪尽，与伊同；
　　日暮天涯，与伊守。

此美只应天上有
——巧笑倩兮，美目盼兮

《诗经》中最丰富多彩的是《国风》，《国风》中最活跃的是女性，女性中最美者是《硕人》。

硕人其颀，衣锦褧衣。齐侯之子，卫侯之妻。
东宫之妹，邢侯之姨，谭公维私。

手如柔荑，肤如凝脂，领如蝤蛴，齿如瓠犀，
螓首蛾眉。巧笑倩兮，美目盼兮。

——《卫风·硕人》一、二章

《硕人》是一首赞美卫庄公夫人庄姜的诗歌，成诗约春秋前期。全诗共四章，首章写庄姜的身世，出身高贵；次章写庄姜的容颜，姿色迷人；第三章写结婚仪式，盛大热闹；第四章写送嫁场面，气派体面。

庄姜是齐庄公的女儿，嫁到卫国做卫庄公的夫人。

在她嫁到卫国时，卫人惊叹其美貌，故作《硕人》一诗以称颂。

《硕人》开篇句即言："硕人其颀"。《尔雅·释诂》："硕，大也。"《毛传》："颀，长貌。""硕人其颀"，译成当今语言就是：庄姜美人高高大大。与春秋中期的"楚王好细腰，宫中多饿死"的个案不同，《诗经》时代对女性的审美都是以高大为美，这种观念与几乎同一时期的古希腊人体雕塑所表现出来的审美意识是一致的：高大丰腴、臂膀圆润、双腿结实、小腹圆隆，但你却不会感到累赘，更不会感到有减肥瘦身的必要。现代学者朱自清亦认为："大人犹美人，古人'硕''美'二字为赞美男女之统词，故男亦称美，女亦称硕。"

高大、健美，这就是庄姜的体态。那其容貌又如何？

《卫风·硕人》第二章留下了这样的经典描述："手如柔荑，肤如凝脂，领如蝤蛴，齿如瓠犀，螓首蛾眉。巧笑倩兮，美目盼兮。"这是古今公认、绝妙后世的"美人图"，也是一段很难直译的诗句，无论如何修辞都难以充分表达出描绘其形象的具体而优美的词义内涵。或许我们可以借用电影的手法去欣赏她：

首先映入眼帘的是一组静态特写镜头：纤纤玉手，像初生的茅芽，细白柔嫩；皮肤像凝结的羊脂，自内而外的鲜洁光亮；颈脖像幼虫，白皙修长；牙齿像瓜子，匀整净白；额头像蝉的前额，宽阔饱满；眉毛像蚕蛾触角，细细弯弯……

随着镜头缓缓拉动，局部逐步扩展，出现了一幅动态画面："巧笑倩兮"——浅浅的酒窝，酿出那淡淡幽香的嫣然一笑；"美目盼兮"——涟漪的秋波，灵动出顾盼生辉的含情一瞥。眼神与舒笑的相互关系表现得如此协调，如此迷媚，如此完美，真是令人惊叹，为之折服。

这就是诗人笔下春秋时代齐庄公的女儿庄姜，这就是空前的绝代大美人，这就是题咏美人的千古之祖！

"巧笑倩兮，美目盼兮"是全诗最鲜活的关键句，亦是千古不朽之名句。其由静转动，由外入内，再由内溢表。容由内显，情自心生，这正是一种内在的美，无法抗拒的美，每每读之，瞬间便能激活你对美的联想。如果说蒙娜丽莎的微笑是视觉上的永恒，那庄姜大美人的微笑毫无疑问是意念中的定格。

令人叫绝的是"倩"与"盼"的运用。"倩"是"巧笑"的极致，"迷"是"倩"的意境，迷而不荡；"盼"是"美目"的灵魂，"媚"是"盼"的神态，媚而不骚。这岂不正是倩盼才两字，摹尽真风致，又如"金风玉露一相逢，便胜却人间无数"！

《硕人》是先秦时代描写"女性美"最为突出的诗篇，后人对此诗评价甚高，如清人姚际恒《诗经通论》称："千古颂美人者，无出其右，是为绝唱。"清人方玉润也视"巧笑倩兮，美目盼兮"为"千古颂美人者无出此二语，绝唱也"。清人孙联奎更是在《诗品臆说》中道出了其中的神笔妙韵："《卫风》之咏硕人也，曰'手如柔荑'云云，犹是以物比物，未见其神。至曰'巧笑倩兮，美目盼兮'，则传神写照，正在阿堵（眼睛），直把个绝世美人，活活地请出来，在书本上滉漾。千载而下，犹亲见其笑貌。"

如果说《硕人》是一幅精美绝伦的工笔画的话，那后人所描绘的"回眸一笑百媚生""增之一分则太长，减之一分则太短，着粉则太白，施朱则太赤"以及"沉鱼落雁，羞花闭月"，又或曹植的《洛神赋》等等，也只能是一幅写意水墨，缺了具象，少了神韵，有点朦胧，有点临摹。

时间尽管过去了2700多年，但岁月却无法褪去庄姜的不老颜容。那被诗人永恒定格的"巧笑倩兮，美目盼兮"，至今仍散发着经典的美艳，惊鸿一瞥，摄人心魄！

有的爱 永远是爱
——中心藏之,何日忘之

有的爱,大胆张显,招摇过市;有的爱,似水柔情,淡雅真挚;有的爱,轰轰烈烈,要死要活;有的爱,幽藏心底,一生一世。

隰桑有阿, 洼地桑树长得好,
其叶有难。 叶儿茂盛连成片。
既见君子, 若是见到那君子,
其乐如何。 快乐滋味会怎样。

隰桑有阿, 洼地桑树长得好,
其叶有沃。 枝叶柔嫩多婀娜。
既见君子, 若是见到那君子,
云何不乐! 叫我如何不快乐!

隰桑有阿, 洼地桑树长得好,
其叶有幽。 叶儿茂密黑黝黝。
既见君子, 若是见到那君子,

德音孔胶。喜欢的话说不够。

心乎爱矣，心里真的爱上了，
遐不谓矣？为何又不告诉他？
中心藏之，还是把它藏心底，
何日忘之！哪有一天不想他！

——《小雅·隰桑》

  《诗经·小雅》共有74篇，《隰桑》是《小雅》中少有的几篇爱情诗之一，瑶草奇花，视同拱璧。《隰桑》以洼地里的桑树起兴，通过桑树喜人的长势，喻比姑娘喜悦的心情和深幽的思念。诗中前三章描写姑娘想起自己心爱的人那种按捺不住的心情：如果见到他，那肯定是快乐无比，有说不完的话，诉不尽的情，多么令人期待，想想都兴奋。最后一章，诗人突然笔锋一转，奔涌的激情变成了含蓄的"桃花潭"。"心中爱矣，遐不谓矣？中心藏之，何日忘之！"这是一段鲜活而耐人寻味的内心独白：我既然心里爱恋着他，但为什么不直接告诉他呢？哎！算了，我天天都在想着他，把他深藏在我的心里。

  想他，如痴如醉；想他，是甜是美。可面对意中人，姑娘却又变得羞涩，她反问自己，为什么不向他表达呢？也许姑娘多次鼓励过自己，但话到嘴边又咽下。姑娘最后的抉择是"中心藏之"，最后的表白是"何日忘之"。

姑娘的爱,是爱到了心底;姑娘的念,是念到了永久。

爱情不仅是物质、物理或荷尔蒙,更是精神层面的满足和心灵城池的滋润。"中心藏之,何日忘之",这是恋慕的青涩,更是情愫的纯真;这是内心的慰藉,更是情感的专注;这是爱情的烦恼,更是品性的升华;这是姑娘心中城池的永存之爱,更是千年传颂令人释怀的感人佳句。它如同一张历久弥新的书签,夹在人生岁月这本书里,每每翻起,温暖,甜美,憧憬随之而来……

由此想起苏联电影《幸福生活》中那首久唱不衰的

《红莓花儿开》:"田野小河边,红莓花儿开,有一位少年,真使我心爱;可是我不能对他表白,满怀的心腹话儿没法说出来。"

欲语又止,事在两难。是天性使然,还是现实无奈?诗人伏笔,只言其情。情为何物,有谁道明?情到深处,谁能超然?

纵情天下、风流倜傥的李白也只能发出如此感慨:"长相思兮长相忆,短相思兮无穷极;早知如此绊人心,何如当初莫相识。"

眼前是佛,心中是她的六世达赖仓央嘉措,亦只有如此凄美悲情:"如果今生未曾相遇,我们就不会再次相聚。可是我们偏偏相见相识,造就了今世的情缘。"

佛说:注定的相识,如春季花开的声音,悦耳清脆,因为这是心的感悟。

注定的相识,铸成今生的命,遇见,又岂是一个缘字能解?静静处,淡淡过,深深藏,终其一生只等一个人、一声唤。

没有承诺,一切安然。彼此间一抹表情、一个眼波都会心领神会,因为懂你,如同知己。

时间能揉碎青春,岁月能改变容颜;思依旧,情如许。路很长,走下去会很累;不走,会后悔。

仰视夜空无语,流星划过,那是你的身影,"中心藏之,何日忘之"!

我就觉得你最好
——岂其娶妻，必齐之姜

乐府歌辞《陇西行》是一首赞誉妇人持家有道，待客懂礼有度的诗歌，诗的结尾写道："取妇得如此，齐姜亦不如。健妇持门户，亦胜一丈夫。"自己的妻子是多么的好，好到连"齐姜"都不如她，可见诗人得意之情，已是无以复加。上溯至《诗经》年代，"齐姜"可是一个令无数男子怦然心动的词。

《陈风·衡门》共三章，前两章如是说：

衡门之下，木头一横当作门，
可以栖迟。照样可以来安居。
泌之洋洋，哗哗涌出的泉水，
可以乐饥。一样可用来充饥。

岂其食鱼，难道我们吃鱼鲜，
必河之鲂？非要吃那黄河鲂？
岂其娶妻，难道男人娶妻子，

必齐之姜？非要迎娶齐姜女？

"河之鲂"即鳊鱼。李时珍《本草纲目》载："鲂鱼……腹内有肪，味最腴美。"鲂鱼以黄河产的最为名贵，曾有"洛（河）鲤伊（河）鲂贵牛羊"的美誉。可惜，如今这些名贵鱼类在黄河大多数河段已基本灭绝。"齐之姜"即姓姜的齐国女子。姜姓当时是齐国（今山东省境内）的国姓，诗中意指齐桓公那高贵美丽的女儿，也泛指貌美媚人的齐国姜姓女子，时人以娶"齐之姜"为荣耀。《诗经》中有多首诗歌谈到齐国姜姓的美女，如文姜、宣姜等。当然，惊人艳世的要数"巧笑倩兮，美目盼兮"的庄姜，美得令时人惊叹为"此女只应天上有"，庄姜也是最早入诗的大美人。看来"齐鲁自古出美女"此言一点不虚，远的不说，当下就有巩俐、倪萍等。

不过，凡事有例外，齐国也曾出过一位名垂野史的奇女子钟无艳。

钟无艳叫钟离春，齐国无盐人，亦称无盐女，因"盐""艳"谐音，加之人丑，故坊间索性称之为无艳。钟无艳的故事最早见于西汉刘向的《列女传·辩通传》，此女子生得奇丑无比，"广额深目，高鼻结喉，驼背肥颈，长指大足，发若秋草，皮肤如漆，身穿破衣"。额头很宽不成比例，双眼深凹如同两坑，鼻梁高突长有喉核，背驼耸肩脖子臃肿，手粗指长大脚厚足，皮肤粗糙黑如深漆，发如秋草凌乱枯萎，衣衫褴褛捉襟见肘。如此长相，史称"第一丑女",实属不为过。钟无艳年过四十还嫁不出去,并对人们以貌取人甚是不解,耿耿于怀。

一天,她找到齐宣王,说要嫁给他。宣王愕然,众人掩口大笑。长相已摆在那里,宣王只好反问她何德何能。钟无艳不惧犯上,历数宣王的过失,并颇具见地提出挽救齐国的计策。听后,宣王不由肃然起敬,择一吉日娶她为后,而自己也改过图强,终成一代君王。后有谚语流传:"无盐娘娘生得丑,保住齐王坐江山。"亦有诗曰:"无盐为后能强齐,夙夜警戒鸡鸣诗。"

说到钟无艳,很多人第一时间会联想到齐宣王的另外一个女人夏迎春。这是后来戏剧中虚构的人物,臆造的故事。也许是为了突显出钟无艳的丑,故事中的夏迎春甚有姿色,妩媚撩人,深得齐宣王的欢心。宣王可是个爱江山更爱美人的主,国家有事时便去找钟无艳商量,甚至要她出面解决;国家没事时便将钟无艳甩在一边,终日与夏迎春缠绵,寻欢作乐。平常我们说的"有事钟无艳,无事夏迎春"这句俗语,讲的就是此传说,意指薄情功利、忘恩负义之人。

《陈风·衡门》的诗旨是什么?有人认为是隐居者自乐无求,如朱熹《诗集传》云:"此隐居自乐而无求者之词。"有人认为是诱导君主图强,如《诗序》云:"诱僖公也,以僖公懿愿而无自立之志",诗人劝诫陈僖公要能守得住困境。而闻一多先生则认为是一首男女幽会,男欢女爱的情诗。

如是一首情诗，当时的情景亦可能是这般光景：

月光皎洁，杨柳依依，缠绵相偎，喃喃柔语。也许是姑娘怕配不上，也许是男子家道拮据，又或许男子遭到了父母的反对，但这一切都无法阻止男子对女子的爱恋。激情之时，小伙子终于坚定地说出了那肺腑之言：木头一横当作门，我们照样可以安居；地下涌出的泉水，我们一样可以充饥；难道吃鱼非要吃黄河的鲂鱼？其他鱼鲜照样好吃；难道娶妻一定要娶齐国姜姓的女子？我就觉得你最好！

是啊！适合你味蕾的味道，才是最美的味道；能读懂你的人，才是知心爱慕之人。寻一处幽静山谷，搭一座木制小屋；铺人生青石小路，执汝手同守甘苦。

十指紧扣，两情愉悦；

燕婉简爱，春暖花开。

几度细思量 情愿相思苦
——汉有游女,不可求思

世间有一种自找苦吃叫单相思,有一种情感执着叫不可为而为之,哪怕望断天涯空惆怅,也要一往情深长思念。正如胡适先生在《调寄生查子》描述的那样:"也想不相思,可免相思苦。几度细思量,情愿相思苦。"

南有乔木, 南方高大的乔树,
不可休思。 叶子稀疏少荫凉。
汉有游女, 汉水出游的姑娘,
不可求思。 心想追求但徒劳。
汉之广矣, 汉江之水宽又广,
不可泳思。 泅泳渡过难上难。
江之永矣, 悠悠汉江水流长,
不可方思。 竹筏摆渡是枉然。

——《周南·汉广》首章

《汉广》共三章。这是一首恋情诗,诗中的主角为樵夫。他热恋着一位美丽的姑娘,却难遂心愿。诗人以

"不可休""不可泳""不可方"的反复迭唱以比喻和强调"不可求"的悲伤,这是真的"不可求",是绝望了的"不可求"。有感于此,面对浩渺的江水,他唱出了这首悲婉的诗歌,情随口出,荡气回肠,至情至真,痴痴感人。今时读之,其人宛在,其情犹存。

"汉有游女",游女是谁?也许是出游的姑娘,陌路乍逢,两不相识。既是如此,当然不可求,唯有的是痴痴念想。但还有一种说法,这游女是传说中的汉水神女,是南方纯洁美丽而多情的化身。既然是神女,天上人间又岂能尺度,人神之恋还是梦幻一场。

这是一首单相思的情诗。不管"游女"是出游的姑娘还是汉水女神,可以肯定的是,她们都没有感受到樵夫的爱慕之意,"落花有意随流水,流水无情恋落花"。单相思是人的特殊心理活动,没有道德评判的意义,亦

无所谓好歹之分。这种距离纠结、情感惆怅，或许我们年轻的时候也曾经历过、困扰过，这是一种情感心理，在文学创作上称为"企慕情境"。

企慕情境是一种浪漫主义情境，钱锺书先生曾说过："可望而不可即，心向往之，却身不能至，这便是浪漫主义的企慕情境。"《诗经》305篇，约有30篇是表现企慕情境的。此外，在屈原、庄子、陶渊明等古代名人的作品中，亦可找到其踪迹。诗人们把内心强烈的企慕情感用文辞的形式表现出来，而当这些情感、愿望难以实现、企慕不可得时，无望、悲伤等各种复杂情感交织在一起，唱出的又是那样一首首爱之苦、恨之切、失之痛、得之渺的悲怆心曲。

《汉广》第二、三章分别写道："之子于归，言秣其马"，"之子于归，言秣其驹。"这是樵夫心中早已许下的承诺，是真情更是誓言：只要美丽的姑娘答应嫁给我，我甘心替她去喂马，情愿做陪着她的马夫！由此想到了王洛宾的《在那遥远的地方》："我愿做一只小羊，跟在她身旁，我愿她拿着细细的皮鞭不断轻轻打在我身上。"时有古今，而情无二致。

《汉广》可能是最古老的单相思诗歌了，它之所以能唤起后人的共鸣，也许是诗人那瞻望难及的怅惘之情，也许是诗人那一往情深的痴情之恋，又或许是诗人触动了我们曾有过、但已尘封心底的"求之不得"之苦。"汉有游女，不可求思"，这悲情哀伤的长调，宛若一双无形的手，穿越情感时空，反复揉搓着有情人的心房，有点酸涩，有点痛楚。

其实，在每个人的心中，都有一个"可望不可即"或"可思不可得"的私密花园、神圣城池。有时很具体，有时很朦胧，可能是"汉有游女"，可能是"汉水女神"，可能是"遥远地方的好姑娘"，可能是"白马王子"，可能是"同桌的他"，也可能是生活的美景、事业的得意……但这一切似乎都只能在憧憬中相知，窃窃私语；都只能在美梦中相遇，拥有满足。

汉有游女，不可求思；中心藏之，何日忘之？

这是灵魂与灵魂的交融
——有美一人,清扬婉兮

人的一生有太多的邂逅,有的邂逅如浮云飘过,无声无息,不留痕迹;有的邂逅如清风扑面,当你感觉到时,它已吹过;而有的邂逅却是你前世的约定,今生的缘分。

野有蔓草, 青草蔓生在野外,
零露漙兮。 沾满露珠好晶莹。
有美一人, 有位姑娘真漂亮,
清扬婉兮。 眉目流盼很动人。
邂逅相遇, 不期而至的相遇,
适我愿兮。 很是适合我心意。

野有蔓草, 青草蔓生在野外,
零露瀼瀼。 缀满露珠好晶莹。
有美一人, 有位姑娘真漂亮,
婉如清扬。 顾盼生辉很迷人。

邂逅相遇，不期而至的相遇，
与子偕臧。我俩结缘在一起。

——《郑风·野有蔓草》

这是一首表现男女邂逅的诗作，如同崔护的《题都城南庄》："去年今日此门中，人面桃花相映红"的意境，良辰美景，邂逅丽人。明人季本《诗说解颐》认为此诗："男子遇女子野田草露之间，乐而赋此诗也。"这也是《诗经》中为数不多邂逅诗中写得最优美的一首，字字珠玑，率真曼妙。

"野有蔓草，零露漙兮"，指的是农历二月。东汉经学家郑玄解释："蔓草而有露，谓仲春之时，草始生，霜为露也。"仲春之时，万物竞生，古时也称"媒月"，暗喻"男女之合"。

周代是一个"父母之命、媒妁之言"与野性婚恋共存的时代。在那个时代，由于灾荒、战乱频发而导致人口下降的情况相当严重。为了繁衍生息以及增强国力，国家机构都会组织适婚男女以及未有家室的大龄男女参加一些相亲狂欢的习俗活动，以此促进婚姻、增加人口。

据《周礼》载："仲春之月，令会男女，于是时也，奔者不禁；若无故不用令者，罚之。司男女之无夫家者而会之。"当然，学术界对于这段史料的理解有不同的观点，有人极力以周代"婚嫁六礼"或"周礼七义"来解释"奔者不禁",认为"私奔"是不可能的,甚至以后世的伦理观念、社会道德加以佐证。而我更愿意把它还原回2000多年前那个野性婚恋遗风存在的时代去解读,并有理由相信事实是这样的:在仲春这个月份,官府会组织一些活动,促使男女婚娶和促进人口增长。在活动中,所有未婚男女都可以大胆去自由求爱,合意者可以结为夫妻,不受一般婚规的约束,哪怕所谓的"野合""私奔"也不算犯法,如果符合条件但不参加者,将面临相应的处罚。而诗中的男女也许正是在某年的这个月邂逅而情定终身,这是自由的抉择,也是野性婚恋的遗风。

"邂逅相遇"在此诗中指两不相识,不期而遇。诗中男子在对的地方、对的时候遇见了对的人,只因那不经意的一瞥而震惊了心灵,男子被"有美一人"的美所打动,进而直奔主题,率真大胆地向女子表示"适我愿兮"。没错!就是你,你就是我苦苦寻求的另一半。这是爱的表白,更是在追求生命的完整,是生命对生命的渴望和尊重。

"清扬婉兮"是全诗的"点睛"之句,指的是"眉目之间,婉然美也",为后来文人学者所推崇。与《诗经·卫风·硕人》的"美目盼兮"所用的手法相同,也是通过流盼、婉美的眼睛来描写"有美一人"的惊艳,把女子的美表现得灵动活现。

或许我们还可以把"清扬婉兮"理解为"秋波",如秋风中的湖波,清澈、灵动,正如唐代诗人李贺所描绘的"一双瞳人剪秋水",眼似秋波横,双瞳剪秋水。秋波何其了得?《西厢记》有这样的曲词:"饿眼望将穿,馋口涎空咽,空着我透骨髓相思病染。怎当他临去秋波那一转!休道是小生,便是铁石人也意惹情牵。"崔莺莺一个回眸、一个秋波,直令张生魂归魄回。

德国美学家黑格尔说过:"整个灵魂究竟在哪一个特殊器官上显现为灵魂?我们马上就可以回答说,在眼睛上,因为灵魂集中在眼睛里。灵魂不仅要通过眼睛去看事物,而且也要通过眼睛才被人看见。"这就是近代人类共同的美学原则,而我们的先祖早已在2000多年前就运用得娴熟、出神入化了。

"邂逅相遇",四目对视;一见钟情,缘定终身。这是眼神与眼神的对话,这是灵魂与灵魂的交融!

画面太美 我不敢看
——月出皎兮，佼人僚兮

"昙花一现"是一个耳熟能详的成语。因昙花只在深夜悄然绽放，故人们又赋予它一个极具诗意的称谓：月下美人。寓意为"专情挚爱"的爱情之花，倾其一生之美，注其一辈之情，只为钟情的那一刻，无怨无悔。这是花中的月下美人，而人间的月下美人，在诗人笔下，又是另一番意境。

月出皎兮，	皎洁月光亮融融，
佼人僚兮。	照见凝脂的美容。
舒窈纠兮，	体态婀娜好身姿，
劳心悄兮。	使得我心多忧思。
月出皓兮，	皎洁月光如银泻，
佼人懰兮。	照亮脸庞多姣好。
舒忧受兮，	体态轻盈好娇柔，
劳心慅兮。	使得我心多烦忧。

月出照兮，皎洁月光如水清，
佼人僚兮。照见姑娘真娇美。
舒夭绍兮，体态优游好娴雅，
劳心惨兮。使得我心多愁悲。

——《陈风·月出》

《月出》是一首月下怀人的情诗，为当时南方陈国的诗歌，有点佶屈聱牙，亦颇有《楚辞》风格。全诗共分三章，每章全拿月亮说事（起兴）。此诗手法独特，通过望月孤坐，对月遐思，幻想出一位嫣然风姿、脉脉柔情的月下美人，而对她的爱慕神往，又使诗人产生了心理的莫名焦虑和困扰。方玉润《诗经原始》说："此诗虽男女之词，而一种幽思牢愁之意固结莫解，情念虽深，心非淫荡。且从男意虚想，活现出一月下美人，并非实有所遇……"。

高悬于宇的月是神奇的，昼伏夜出，它从哪里来？"江畔何人初见月，江月何年初照人？"张若虚如是问。"明月几时有，把酒问青天。"苏轼如是问。"青天有月来几时，我今停杯一问之。"李白也在问。这是亘古之问，无人以对。但要说到谁最早用审美的眼光与冷清的月亮对话，并体感到广寒宫的温情，从而触景生情、赋月喻美，恐怕就是《月出》的诗人了。是他把远在天边的月亮拉到了字里行间，月亮从此含情脉脉，善解人意。

《月出》表达的是一种灵幻的意境，是一种朦胧的美感，是一种迷离的惆怅,在我国诗歌史上占有独特的位置,被后世诗评家誉为开启"见月怀人"诗之先河。后来文人骚客亦屡试不爽,以至于"见月怀人"或"咏月抒情"诗歌积案盈箱。但细品之下又情致有别,光景常新,意象万千。

如李白的《月下独酌》:"举杯邀明月,对影成三人。"视月犹人,人月共舞。在李白近千首诗中,涉及月亮的就有300多首。没有了与月共舞,李白身上也就少了几分多情,少了几分飘逸,少了几分遗世独立的人格气度。

如苏轼的《东坡》:"雨洗东坡月色清,市人行尽野人行。莫嫌荦确坡头路,自爱铿然曳杖声。"自然真趣,独得其乐。在苏轼300多首词中,含月意象的就达50多首。有了月清自爱,苏轼也就多了几分高逸脱俗,多了几分清旷潇洒,多了几分阔大澄明。

如杜甫的《月夜》:"今夜鄜州月,闺中只独看。"望月思亲,独看而泪下。杜甫的100多首咏月诗,其中诗题中有月的就达20多首。有了独自望月,杜甫也就多了几分沉郁情感,多了几分忧国忧时。月亮,已成为他精神寄托和心灵交流的知己。

君子如水,美人如月。在多情而感性的诗人眼里,月是美的,而月下美人更是妙不可言。

"升清质之悠悠,降澄辉之蔼蔼。"诗人笔下《月出》中的女子,在皎洁月光的铺洒和映照下,曲线优美,体态婀娜,步履曼妙,若隐若现,妩媚幽美。以至诗人惊叹不已,一赞三唱,"佼人僚兮","佼人懰兮","佼人燎兮",姑娘真漂亮!

  月下美人到底有多美?战国时期楚辞名家宋玉在《神女赋》中倾尽情感写道:"皎若明月舒其光。须臾之间,美貌横生,晔兮如华,温乎如莹。五色并驰,不可殚形。"月光就像温柔的灯光,铺洒得女子的美丽是如此令人叫绝,简直让人羞以直视。这如仙似幻的景致,也许就是古人所言"马上看壮士,月下观美人"的奥妙所在。

  如果说太阳代表希望,那月亮则代表神往;如果说太阳代表阳刚,那月亮则代表阴柔;如果说太阳代表活力,那月亮则代表浪漫。月下之美不同于白天之美,她多了点朦胧,多了点曲线,多了点光影,也就多了点妩媚,多了点美感。她阴柔,浪漫,令人神往。

> 她走在美的光彩中,像夜晚,
> 皎洁无云而且繁星满天。
> 明与暗的最美妙的色泽,
> 在她的仪容和秋波里呈现。
> 耀目的白天只嫌光太强,
> 它比那光亮柔和而幽暗。
>
> 增加或减少一分明与暗,
> 就会损害这难言之美。
> ……
>
> ——拜伦《她走在美的光彩中》

看你千遍也不厌倦
——有女同车，颜如舜华

每每读起"千古第一才女"李清照那首《醉花阴》，一句"莫道不消魂，帘卷西风，人比黄花瘦"，直叫人愁云惨雾，凉意透心。这种以花喻人的意境，给人以无尽的悲怆和无奈，而我们从《诗经》中看到的却又是另一番光景。

> 有女同车，姑娘与我同坐车，
> 颜如舜华。脸儿就像木槿花。
> 将翱将翔，马车跑啊似飞翔，
> 佩玉琼琚。身上佩玉润又亮。
> 彼美孟姜，孟姜姑娘好美丽，
> 洵美且都。确实好看又娴雅。
>
> 有女同行，姑娘与我同车行，
> 颜如舜英。脸儿就像木槿花。
> 将翱将翔，马车跑啊似翱翔，

佩玉将将。身上佩玉叮当响。
彼美孟姜,孟姜姑娘真美丽,
德音不忘。美好品德哪能忘。

——《郑风·有女同车》

花的美丽,花的浪漫,花的情怀,让人很自然联想到女性,女人就是花。《有女同车》是我国最早的以花直喻美人的诗歌。自此以后,在文人骚客的毫锋下,花便与美人结下了不解之缘,并忠贞地点缀着女性之美。如李白《宫中行乐词》:"小小生金屋,盈盈在紫微。山花插宝髻,石竹绣罗衣。"描写的是小宫女在头发上插满了鲜花,一脸娇柔可人的媚态。

除以美喻美外,人们又喜欢用花的形态、习性意象比喻美人或女性的品性,如富贵丰润的牡丹比喻杨贵妃;高风亮节的梅花比喻王昭君;娇艳多姿的玫瑰比喻西施;红袖添香的桃花比喻貂蝉。而曹雪芹笔下的《红楼梦》,简直就是姹紫嫣红的百花园,花是人的影子,人是花的替身,十二金钗,群芳争艳:

风露清愁的芙蓉——林黛玉;
任是无情也动人的牡丹——薛宝钗;
霜晓寒姿的梅花——李纨;
红妆夜未眠的海棠——史湘云;

一枝红艳出墙头的杏花——贾探春；
寂寞出春暮的梨花——妙玉；
美丽与邪毒的罂粟花——王熙凤；
夜绽晨凋的昙花——贾元春；
山野艳俗的牵牛花——巧姐；
浪得迎春世上名的迎春花——贾迎春；
天竺佛门的曼陀罗花——贾惜春；
天外玉兔的仙客来花——秦可卿。

当然，爱花、戴花也不一定是女人们的专利。据专家考证，唐宋两代男性头上插花就很普遍，并以此为美。欧阳修就曾记载道：洛阳"春时，城中无贵贱皆插花，虽负担者亦然"。当时不论贵贱贫富，甚至不论平日节庆，头插鲜花已是流行习俗。《水浒传》中梁山专管行刑的刽子手一枝花蔡庆，满脸横肉却喜欢在帽檐上簪着一朵娇艳夺目的鲜花，相映成趣，很是"奇葩"。

回到《诗经》，"有女同车，颜如舜华"的女子叫"孟姜"，此孟姜当然不是"哭倒长城"的孟姜女。在古代，家中孩子排行次序，伯是老大，仲是老二，叔是老三，季是最小。但还有一种表述，孟是老大，孟、仲、叔、季。诗中的"孟"是老大的意思，而"姜"则是齐国的大姓，女子姓姜，是姜家的大姑娘。望着坐在身边的孟姜，男子乐不可支，傻傻地看着。在男子的眼中，女子就像"舜华"一样水灵娇媚，嗅之陶醉。

"舜华"指的是木槿花，花色有白、紫、米黄等，而红色的木槿花，岭南一带俗称为"大红花"。木槿花开时迎霞沐日，临风招展，光彩秀美，很是夺目。

木槿花于夏秋之季开花，单朵的花期极短，朝开暮谢，亦称"暮落花"，古代诗人一般感伤为光华短暂之意境。如唐人李商隐的"风露凄凄秋景繁，可怜荣落在朝昏"，其感叹的就是木槿花。又如北宋陆佃的《埤雅》："颜如舜华，则言不可与久也。颜如舜英，则愈不可与久矣。盖荣而不实者谓之英。"陆佃的表述很是直接，木槿花花开不长，而且没有果实，显然不是什么好花。

文就于此，问题来了。为什么诗人要以"朝开暮谢"的木槿花来比喻心爱的女人呢？花开色美，花败人衰，这和"残花败柳""蹂躏遗弃"又有什么两样？也与诗中所洋溢出的那种热烈浪漫的氛围相违背。

余以为不妨换一种思维去解读。

木槿花虽说朝开暮谢，但在花期时，木槿树会生出许多花苞，一朵花凋谢后，其它的花苞会接连不断地绽放，生生不息，因此亦有了"无穷花"及"日新之德"之美誉。

在《诗经》那个年代能够优哉乐哉地同车出游，可以想像诗中男女并非偶遇，而是早已相识乃至很熟。记得一位伟大的艺术家说过："对我们的眼睛来说，不是缺少美，而是缺少发现。"诗中的男子不仅用眼睛，更是用心灵去发现，他对孟姜并没有"久看渐厌"，而是"日看常新",因为常新,所以迷人,这不正是木槿花那"无穷美"之意象吗?男子的爱是心灵触碰,姑娘的美是常新永嘉,他们爱恋之激情是恒久无穷的。

这,或许正是诗人的高明之处,思维独到,意境超脱,妙笔生花!

人生因你而美丽
——匪女之为美，美人之贻

作为恋人、情人，最大的惊喜也许莫过于收到对方的礼物，这是爱情的信物，是男女情感的承载物。步入婚姻或坦然分手，也会珍藏着心底这份爱意，直至永远。

人类最早的爱情信物是亚当送给夏娃的那只神奇的苹果，从而有了人类的繁衍生息。而在我国古代，红豆、扇子、香囊、戒指、绣球、木梳、玉佩、手绢、同心结和情人扣，则成为最美妙浪漫的十大爱情信物。时至当下，爱情信物更是名目繁多，甚至令人瞠目结舌，如百万钻戒、高级跑车、豪华别墅……但是，如果你收到的是对方从野外采摘来的嫩茅，此时你会怎么看，如何想？是"我也是醉了"，还是"我也是碎了"呢？《诗经》告诉你。

静女其姝，	善良淑女长得美，
俟我于城隅。	约我相见在角楼。
爱而不见，	视线受阻看不见，
搔首踟蹰。	挠头跺脚来回走。

静女其姝,	善良淑女长得好,
贻我彤管。	有意送我红管草。
彤管有炜,	管草色泽红艳艳,
说怿女美。	不如姑娘美容颜。
自牧归荑,	野外归来送我荑,
洵美且异。	荑草美丽又奇异。
匪女之为美,	不是荑草真的美,
美人之贻。	美人赠贻显情意。

——《邶风·静女》

"荑",指初生的茅草,是女子从野外采摘回来送给男子的爱情信物。信物在古代男女交往中有着重要的作用和丰富的内涵,如果一个女子中意一个男子,就会赠送心爱的东西作为爱的信物;而男子若接受女子的爱意,亦会回赠女子礼物。那么,2000多年前在《诗经》的年代中,这些令人怦然心动的爱情信物都会是什么呢?

《诗经》中男性给女性的馈赠主要是佩玉和猎物。玉是上古先人最喜爱的饰物,"贻我佩玖""报之以琼琚""报之以琼瑶"所讲的都是美玉。男子用美玉的贵重来示意对女子的重视,也以玉喻德,代表着男子的君子品格。至于馈赠猎物,在男性主要负责渔猎的年代,则代表着男子孔武有力，有能力养家，保护妻儿。

《诗经》中女性对男性的馈赠主要是花草瓜果，如木瓜、木李、桃、椒、荷、茅草、芍药、舜华等。那时的女子将采集到的植物送给心仪之人是最常见的做法，除表达情感取向外，还有以植物的天然生命力比喻生育能力的含义。"合两情之好，尽繁衍之事"，或许正是那个年代爱情婚姻情趣的本义。

《静女》也许是《诗经》中最灵动活泼的篇章，是一首脍炙人口的佳作。然而就是这样一首不满50字的小诗，就惹得2000多年来学者们沸沸扬扬的探究，20世纪20年代学者们曾就其诗旨，在专业杂志上还掀起过一场历时四五年的讨论，最后的结果是没结果。余认同这是一首有情趣而优美的爱情诗作，诗的内容是以男子口吻叙述一对热恋中青年男女幽会时的情景。

活泼美丽的女子约男子去城角相会。当男子带着愉快、得意的心情赶到时，却久等不见女子的踪影，原来是女子故意藏了起来。男女之间的约会，往往会成为幸福的煎熬，女子这俏皮之举令男子急得挠头跺脚，抓耳搔腮，不知所措。最后女子终于露脸，并把一支红色管状的荑草送给男子。

男子接过礼物，看了看女子，美美地、坏坏地说："你送的荑草真好看，其实不是荑草真的美，而是因为是你送的才显得美。"荑草是幸运的，因女子采摘而平添了一份感情，"爱屋及乌"也就显得出奇的美了。

这是朴实纯真、浪漫迷人的约会情景，女子率真而多情，男子青涩而涵养。女子送出的是一片情，男子接过的是一颗心。虽不知是否是天作之合，但肯定是情趣一对。

火辣撩人的情话总叫人难以启齿，心悦美人羞于言，只将满怀的情愫寄语在一支荑草上。你盈手相赠，我香溢襟怀，"匪女之为美，美人之贻"。

手握荑草，将情意珍藏，窃窃地笑，默默地喜，甜甜的情，你是我今生最美的相遇。

凝视荑草，是一抹幸福的时光，是一种甜蜜的味道，是一幅绚丽的憧憬，人生因你而美丽。

....

由此，想起了《嘿，老头》剧中海皮与易爽一起躲雨的意境：最美的不是太阳雨，而是一起躲过雨的古老屋檐，只因有你！

两处茫茫皆不见
——所谓伊人，在水一方

台湾言情小说家琼瑶写的《在水一方》被拍成同名电视剧后，邓丽君曾翻唱过该剧的主题曲："绿草苍苍，白雾茫茫，有位佳人，在水一方……"这歌词借用的正是"所谓伊人，在水一方"这句经典诗句的意境。这亦使得这一经典诗句成为当今为人熟知、流行度极高的《诗经》名句。

蒹葭苍苍，	河边芦苇青苍苍，
白露为霜。	夜来白露结成霜。
所谓伊人，	我思慕的意中人，
在水一方。	就在河水那一方。
溯洄从之，	逆流而上寻找他，
道阻且长。	河道险阻且又长。
溯游从之，	顺水而下寻找他，
宛在水中央。	仿佛在那水中央。

——《秦风·蒹葭》首章

关于诗旨,古人有认为是讽刺时弊的诗,也有以为是求贤招隐之作,又或是怀友念旧之托。而今人深谙"求之愈深,失之愈远"之哲理,更愿意简单地把它看作是一首抒情诗,也看成是《诗》三百中抒情诗的代表作。

所谓"秦风",就是当时秦国所流行的歌谣。《诗经》年代的秦国国境大致相当于今天的陕西大部及甘肃东部地区,史书载秦人尚武,质朴粗豪。《秦风》共收录了十首诗,大多为粗犷豪迈之作,以至于有学者认为"秦无燕婉亵情之诗",但《蒹葭》为另类,是《秦风》中的一朵奇葩,违时绝俗。

全诗共分三章,娓娓道出了2000多年前一个扑朔迷离的寻人故事。诗中的"白露为霜"点出事情发生在深秋时节,还是霜花未化的深秋清晨。心上有秋是为愁。

在悲秋的早上，为了苦苦思念的意中人，诗人踽踽独行，逆流而找，顺水而寻，一会儿觉得伊人就在河水那一方，一会儿觉得伊人在河岸那一边，一会儿又觉得伊人在水边那一头。上下求索，苦苦觅寻，可仍然是"两处茫茫皆不见"。诗人那望穿秋水的感伤和彷徨在诗中表现得淋漓尽致，而欲见伊人终不得的悲愁纠结又无不令人扼腕唏嘘。此诗用词婉秀隽永，意蕴凄美缠绵，给人一种若隐若现的朦胧美和"异人异境，使人欲仙"的梦幻错觉。无怪乎前人评此诗为《诗》三百中抒情诗的代表作。

伊人是谁？是妻子还是丈夫？又或是情人、恋人、知己、好友……？诗人没有交待，"羚羊挂角"，无迹可寻。这也是此诗引人入胜之处，如同古代的词牌、词调，是依调填词，还是按词制调，任由风骚文人根据自身的心情、意念和处境去联想，去发挥，去填写。也许有多少有情意的读者，就有多少"伊人"，无所指又无所不指。

伊人在哪？或"宛在水中央"，或"宛在水中坻"，或"宛在水中沚"。一个"宛"字，道出了伊人犹是身影，隐约缥缈。是诗人的幻觉，痴迷恍惚？是诗人的意境，"空山不见人，但闻人语响"，还是伊人居无定处，"朝游江北岸，夕宿潇湘沚"？这正是："流水传湘浦，悲风过洞庭。曲终人不见，江上数峰青。"

诗人把内心对伊人爱慕的强烈情感以诗歌的形式表达出来，这是一种浪漫主义的企慕情境，是"可望不可即"的美学意境。后人将此诗中的意境提炼为"蒹葭秋水"

"蒹葭伊人"或"秋水伊人",喻比思慕之人或书信怀人之雅语。

这就是中国画"留白"的表现手法,"虚"的伏笔,着实给人"实"的遐想。

　　山岚隐隐
　　水韵蒙蒙
　　云霭袅袅
　　蒹葭苍苍
　　秋水伊人,两处茫茫皆不见……

浪漫总在黄昏后
——绸缪束薪,三星在天

绸缪束薪,	柴火缠绕捆绑紧,
三星在天。	天上三星分外明。
今夕何夕,	今夜究竟是哪夜,
见此良人。	在此见到这好人。
子兮子兮,	要问你啊要问你,
如此良人何!	怎样亲待这好人!

——《唐风·绸缪》首章

古人云"人生四喜",分别为久旱逢甘雨、他乡遇故知、洞房花烛夜和金榜题名时。《绸缪》描写的是洞房花烛夜的情景,为闹新房所唱的诗歌。晚明学者戴君恩《读风臆评》认为此诗"淡淡语,却有无限情境"。清人牛运震在《诗志》中亦说"淡婉缠绵,真有解说不出光景"。

"绸缪束薪,三星在天",讲的是举办婚事和婚礼的时间。

"绸缪",为捆扎、缠绕之意;"束薪",指燃薪照明之意,"古以薪蒸为之烛"。"绸缪束薪"隐喻男女成婚,薪火相传。

"三星",古代学者对此有多种说法。经近代天文学家考证,认为此诗第一章所说的"三星",实为参宿三星,属二十八星宿,因由三颗星组成,故称"三星",我国民俗亦称为"福、禄、寿"三星。参星是黄昏时分在西边天上显露的星宿,而在古代"昏"与"婚"字之义相通,故"三星在天"意指婚礼在黄昏时举行。

据史书记载,先秦时代的婚姻礼节十分繁缛,极为讲究,俗称为"六礼":

一是纳采。男方请媒人送聘礼到女方家,表示有意求婚。当然,父母也可充当媒人角色,父母之命与媒妁之言同等重要。"采"为男方采择的礼物,"纳"为收受之意。

二是问名。若女方受礼,即问女子生辰八字。纳采与问名一般都由一人完成。

三是纳吉。男方到宗庙占卜,卜得吉兆,通知女方家,这门亲事基本就定下来了。

四是纳征。"征"是成的意思。男方以鹿皮等贵重物品使人送到女方家。女方收礼后,婚事确定下来。

五是请期。就是确定迎娶日期,一般由男方家提出,由女方家确定,以示尊重女方。

六是亲迎。男方亲自到女方家迎娶新娘,"之子

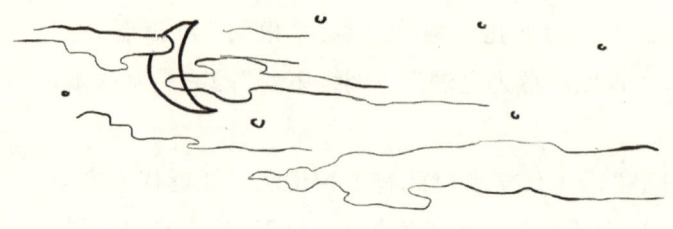

于归"。

这是"六礼",如与西周初期的"周公七礼"比较,少了最后一礼,即"入洞房",亦称"敦伦"。不过此礼规范不规范也罢,那已是自然之事了。

然而在西周年代,父母之命、媒妁之言不是每个人都必须遵守的,远古时期的野性婚恋习俗在一定程度上被保留下来,自由婚恋和性爱并不被世人所耻。《诗经·鄘风·柏舟》中描写的就是一位姑娘违抗母命,坚持要嫁给自己所爱之人,这也反映出先秦时代男女之间的来往相对自由。而事实上，在《尚书》《论语》等先秦古籍中，都没有出现关于妇女贞操、从一而终之类的节烈观念，就连孔子也是"野合而生"的非婚生子，按当今的说法就是"野孩子"或"私生子"，但时人却没有拿这说事，孔老夫子活得好好的，"圣人"照样还是圣人。

其实在后来的文人墨客笔下，"绸缪束薪，三星在天"还有另一层意思，喻比男女晚上约会，谈情说爱。古代男子20岁为成年，可以加冠戴帽了，称"冠年"；女子15岁为成年，可以盘发插笄了，称"笄年"。上古时代"日出而作，日入而息"的生存形态，使得当时男女的约会多在傍晚黄昏，久而久之便约定俗成。

三星在天，明月皎皎，垂柳依依，波光粼粼。青年男女密约而至，在树下、在河边，卿卿缠绵、喃喃窃语，犹如一幅朦胧清幽、婉约曼妙的水墨画卷，真是个"只羡鸳鸯不羡仙"……而2000多年前的此般光景，又似乎定格在欧阳修那句言有尽而意无穷的千古佳句：

"月上柳梢头，人约黄昏后。"

情到浓时也入诗
——有女怀春，吉士诱之

《诗》三百中，要问哪首诗最为特别，一百人或许就有八十个"最特别"，而我的答案是《召南·野有死麕》。每次读到它，如果不是心灵干涩或羞怯障目，你总会被诗中率性的表述打动，那是生命律动中永远感人的意境。

野有死麕，山野里有死獐子，
白茅包之。用那白茅包裹它。
有女怀春，有位女子情欲动，
吉士诱之。那位男子诱引她。

林有朴樕，林间长着灌木丛，
野有死鹿。野地有只小死鹿。
白茅纯束，我用茅草捆绑它，
有女如玉。女子漂亮颜如玉。

舒而脱脱兮，你别着急慢点来啊，

无感我帨兮,不要弄乱我佩巾哦,
无使尨也吠。别惹那狗儿汪汪叫。

——《召南·野有死麕》

不许莞尔,不许羞怯,看出了什么? 2000多年来,不知有多少人都留意到了这首相当特别的小诗。至于释义,各花入各眼,历来存异,概而有四:

拒招隐说。把女子喻比隐士,美男喻为君主,而诗中阐述的则是一位高人逸士拒绝出山为官,并婉言谢绝。此说者想象力十分奇葩,"舒而脱脱兮,无感我帨兮"这样的婉言谢绝,也太性感撩逗了吧?

厌恶无礼或淫奔说。此说认为此诗描述的是女子对男子无礼粗鲁行为的抗拒,又或是淫奔。按朱熹的观点,就是男女间淫邪的行为,有违道德,这下严重了,成了强奸未遂。甚至有现代学者认为女子因贪吃误事,险遭强暴,但女子还是守住了最后一道防线,这是何等不易,何等忠贞,诚为烈女。可通读全诗,只有"吉士诱之"这句有点嫌疑,但"诱"在这里为"道"或"教"之意,即用语言或动作表示情意,连"勾引"都不是,哪来图谋不轨,更别说霸王硬上弓。而女子呢?全诗最后二句中,我们看到的是情到浓处,欲拒还迎,哪来反抗,何为烈女?

还有就是"求婚说"和"爱情说"。如清代学者姚际恒认为:"此篇是山野之民相与及时为昏姻之诗。"其实这两说都有道理,也能接受,但又觉得缺了什么,如雾似纱,令人读之不爽,看之不清。其实我们大可不必以袖遮面、犹抱琵琶,比起已作为学科来研究的《红楼梦》和《金瓶梅》,这首小诗又算什么?"求婚说""爱情说"回避的是对诗之本质的揭示,缺失的是诗旨灵魂。

"兴"是《诗经》使用频率最高的艺术表现手法,"兴者,先言他物以引起所咏之词也"。《野有死麕》采用的是兴中有比的手法,兴辞和主题存在内在的联系。该诗开宗明义写道:"野有死麕,白茅包之",讲的是食用果腹之物;"有女怀春,吉士诱之",说的是情欲饥渴之事。这不正是孔子所讲的"饮食男女",人类最基本的两大需求吗?

《野有死麕》创作于距今约三千年的西周初期,那是一个野性婚恋与"媒妁之言""父母之命"并存的时代,男女之间往往率性而为,并没有太多"礼"的束缚,也没那么多所谓的"淫奔"。大凡读过《诗经》的人都知道"孔子删诗"一说,《诗经》到了春秋时代,是经过一生致力于"克己复礼"的孔老夫子整理、勘正的,"诗三百,一言以蔽之,曰'思无邪'"是孔子对《诗经》的评价和定调。因此,当我们读到《诗经》中那些赤裸、率真,表达求偶和情欲的诗句,不仅不应惊诧和羞怯,反而要理解这种直面讴歌的精神和大胆率真所持的庄重,这是对生命重塑的希求,也是对生命灵性的肯定。

更多的时候,我们往往会陷入一个美丽的误区,总认为男女之间的爱情应该是没有(或不能谈)性欲的高尚情操和纯洁无瑕,从而忽视了它的本来和朴实。当我们赞美爱情的伟大和为之感动时,却忘记了爱情也需要激情,花开期待的是结果。灵肉交融并不一定是高尚神圣的,也不一定是龌龊鄙陋的,率真、率性才是自然和必然,一切美好源自于此。

鄙人虽学识浅薄,难为考证论辩之事,但仍冒昧认为,《野有死麕》是一首优美隽永、自然而有生命的"情爱诗(尽管传统没有此分类)"。诗中生动活脱、率真传神的描述背后,是迫不及待的情景,是情炽火烈的画面,是人情天性的造化,是生命对生命的尊重,是生命与生命的交融。因为情,所以爱;因为爱,所以性爱。

"有女怀春,吉士诱之;饮食男女,情爱无邪。"

等你的人一定很爱你
——采采卷耳，不盈顷筐

年轻的时候总喜欢搞一搞语趣，故意读错一些汉字，以此"飞白"，逗人自乐。如把"心不在焉"戏读为"心不在马"，后来才知道，"心不在马"也是一个有出生纸、正儿八经的成语。

"心不在马"出自战国时期的《韩非子·喻老》。讲的是国王赵襄子向王子期学习驾驭马车的技术，学了不久便与子期比赛。比赛中国王换了三次马，结果全输了，因此埋怨子期没有教其真本事。子期答道："技术已完全教给您了，是您使用不当。驾驭马车最重要的是调理马车，而您却把心思都集中在赢我上，这怎么能与马协调起来呢？这就是您落后的原因啊！"

而"心不在焉"则出自春秋时期，由西汉戴圣编定的《礼记·大学》："心不在焉，视而不见，听而不闻，食而不知其味。"心不在这里，自然是视而不见，听而不闻，食而不知其味。亦如荀子所言，"心不在焉，则白黑在前而目不见，雷鼓在侧而耳不闻"。

上述两个成语都是形容思想不集中或心思不在此。"采采卷耳,不盈顷筐"正是这样一种意境,所不同的是,它多了几分凄愁,几分忠贞。

> 采采卷耳,　采啊采啊采卷耳,
> 不盈顷筐。　采也不满一小筐。
> 嗟我怀人,　一心想念心上人,
> 寘彼周行。　竹筐丢弃在路旁。
> ——《周南·卷耳》首章

《卷耳》是一首结构非常独特的诗歌,首章以思念征夫的妇人口吻来写,第二至第四章以思家念归的男子语气叙述,正因这种特殊结构,故有学者认为《卷耳》是由两首残诗拼合而成。全诗共四章,后三章我个人觉得一般,甚是偏爱首章,很有诗意,也很传神。

卷耳又名苍耳,石竹科,为一年生草本植物,嫩苗可食用。其果实呈枣核形,上有钩刺,名"苍耳子",可入药。苍耳子也是以前小孩熟知的玩物,抓上一把撒向对方,苍耳子会牢牢地粘住衣服,尤其是头发,极难去除,就和往头发上抹嚼了的口香糖有异曲同工之功效,长发女生对其尤其恐惧。

"采采卷耳,不盈顷筐。"2000多年前,一位神情忧郁的女子,背着斜口筐采摘卷耳,脚边的卷耳开放着白花,繁密茂盛,但怎么摘也摘不满浅浅的斜口筐。为什么?"嗟我怀人,寘彼周行。"哦,原来女子惦挂着远行服役的丈夫,她不时地朝路上张望,而每次张望都是失望。女子心绪纷乱如麻,最后干脆把筐扔在路旁,不摘了。此时的女子,心不在"卷耳",而在"怀人",又岂止是心不在焉,简直是到了魂不守舍的境地。

《诗经》中其他篇章也有类似的"怀人"。如《小雅·采绿》的"终朝采绿,不盈一匊""终朝采蓝,不盈一襜"。一个早上采的荩草不满一捧,一个早上采的蓼蓝不满一围裙。为什么?因为妇人总想着那个过了约期还没回家的男人。2000多年前,诗人这种"心不在焉"的怀人喻比手法,语约而意远,对后来的古诗文影响深远。

如张仲素的《春闺思》:"袅袅城边柳,青青陌上桑。提笼忘采叶,昨夜梦渔阳。"女子倚树凝思,根本没有采桑叶的欲望,提笼也还是空空的。何故?是因为女子思念起从军的丈夫了,伤心怨望,心不在桑叶而在渔阳。

如滕传胤的《郑锋宅神诗》:"忽然湖上片云飞,不觉舟中雨湿衣。折得莲花浑忘却,空将荷叶盖头归。"本是来采摘莲花,可突然而至的大雨把心也浇乱了,浑然忘却莲花,空得荷叶。这是另一种"心不在焉",突如其来的变故而忘乎所以然。

著名漫画家丰子恺更是把滕传胤这两句诗以平面直观的形式推向了一个新的意境:简洁明了、充满生机的景物画面,两位可爱的小姑娘,头顶荷叶走在河堤上……整个画面春意盎然,荡漾着浓浓的乡间泥土气息,让人

仿佛瞬间回到了孩提乡间的童真年代。

《卷耳》首章是匠心独运的怀人情感名作，语约而旨丰，事近而意远。它没有李白《春思》"当君怀归日，是妾断肠时"的悲哀浓情，而是爱意无尽的苦思幽念，这是女人的善怀情结。当女人爱上一个男人，她生命中大部分意义将体现在对这个男人的思念上，这是对爱的执着和渴盼。诗中妇人那"思"是思到了恒久，那"念"是念到了极致。

岁月悠悠，情感无常，谁会在茫然未知中一直为你等候呢？爱你的人不一定等得起你，而等你的人一定很爱你。

"采采卷耳，不盈顷筐。"让情感去憧憬，用生命去等候。

奔了几千年的男女私情
——穀则异室,死则同穴

我和你私奔,奔向自由的远方;我和你私奔,去做幸福的人。

2000多年前,在洛阳城附近,一女子伫立路边,依恋地望着坐在车上的男子,渴望爱情的眼神中带着几分无奈和伤感。车上的男子则默然无语,心中也是纠结,甚至不敢转过头来多看女子一眼,是愧对女子,也是怯对情感的控制。

> 大车槛槛,毳衣如菼。
> 岂不尔思?畏子不敢。
>
> 大车啍啍,毳衣如璊,
> 岂不尔思?畏子不奔。
>
> 穀则异室,死则同穴。

谓予不信,有如皦日。

——《王风·大车》

这是一首反映男女私奔的情诗。女子望着坐在车上的恋人,深情而坚定地说:"我怎能不想你,就怕你不敢和我在一起;我怎能不爱你,就怕你不敢和我私奔;哪怕生不能在一起,死也要葬一块!天上的太阳可以为我作证。"女子大胆而坚定地说出了心中的炽热情感,甚至不允许对方对自己的痴情有半点的怀疑。今天读来,仍能感受到2000多年前女子那颗充满忠贞的心在跳跃。

还是在《诗经》那个年代的某天,雨后的天空出现绚丽的七色彩虹,空气异常清新。一位坠入爱河的女子在众人的指责和鄙视下,义无反顾地朝着彩虹走去,寻找那位值得她为之私奔的心仪男子……

蝃蝀在东,莫之敢指。
女子有行,远父母兄弟。

朝隮于西,崇朝其雨。
女子有行,远父母兄弟。

乃如之人也,怀昏姻也。

大无信也，不知命也。

——《鄘风·蝃蝀》

"蝃蝀""朝隮"指的是彩虹。先秦人因缺乏自然科学知识，认为彩虹的出现是阴阳不和所致，并以此比喻人类的婚姻错乱，丑陋晦涩，是为淫邪之气。如刘熙云在《释名》中所云："淫风流行，男美于女，女美于男，互相奔随之时，则此气盛。"

诗中女子是位出嫁的姑娘，"女子有行"。不过，在诗人眼中，女子是一位"大无信"（不经媒妁之言）之人，"不知命"（不听父母之命的姑娘）之人，是淫邪的彩虹。"莫之敢指"，众人见之都不敢指、不敢说，其潜台词是女子的私奔行为是万夫所指，众人非议。"乃如之人也，怀昏姻也"，你这样的女子，破坏了婚姻礼义。

人言固然可畏，可对诗中女子来说，为了追求情感的满足，人言却是可弃。她真的铁了心，置众人的非议指责不顾，毅然摒弃婚姻礼义，勇敢地走向那七色彩虹。为什么？因为爱，因为那里有她心仪的男子，因为那里有她的自由和幸福。这是爱的激情，也是爱的本来。

较《大车》的女子，《蝃蝀》的女子是幸福的，能够爱之所爱，奔之所奔。而《大车》的女子只能是"榖则异室，死则同穴"，活着既然不能在一起，死后也要埋葬在一起。

"死则同穴",这是一种希望的延续、情感的坚持,也是一种来世的私奔。

一千多年后的晋朝,青年学子梁山伯与女扮男装的祝英台于红罗山书院寒窗共读,志趣相投。三年后依依惜别,各奔东西。朝思暮想之情促使山伯怀揣英台赠贻的蝴蝶玉扇坠登门祝家求婚,怎奈遭拒不遂,回家后意气难平,悲痛之中一病不起,终因情而死。

而那边厢却是马家婚车迎娶,英台被迫无奈上轿。行至山伯墓前,英台甚念旧情同窗,哭拜亡灵,悲恸上天而风雨雷电大作,坟墓裂开,英台纵身入坟。风停雨霁,一双绚丽蝴蝶蹁跹人间……

古代的私奔,指的是女子私自投奔所爱的人或跟他一起逃走。应当承认,私奔并不是封建社会的专有现象,也不一定是所谓反抗万恶的封建礼教的独有形式。私奔,是男女情感在非常规发展的情况下所产生的对社会制约、家庭束缚或世俗观念的不认同的行为,也许有了人类社会就有了私奔,是奔了好几千年的男女私情。

其实,我们不要把私奔都看成是浪漫幸福的事,在私奔的背后,隐藏更多的是无奈和未知。当然,私奔也不至于是那"淫邪的彩虹"。我们之所以感动于"榖则异室,死则同穴",因为那是情感的节奏,爱情的坚持,虽今生不能在一起,来世也要重相聚。

弃妇怎么了 谁活不是活
——反是不思,亦已焉哉

婚姻,这是一个古老而永恒的话题。对于活在婚姻中的人,如何走入婚姻已经不再重要,他们所要面对的是如何维系婚姻,而当被"围城"困得动弹不得,或者被"坟墓"捂得暗无天日时,他们唯一能做的就是如何走出婚姻。

及尔偕老,　以为我们能偕老,
老使我怨。　谁知未老已生怨。
淇则有岸,　淇水滔滔终有岸,
隰则有泮。　沼泽再宽也有边。
总角之宴,　想起少时好欢愉,
言笑晏晏。　说说笑笑多快乐。
信誓旦旦,　山盟海誓犹在耳,
不思其反。　哪知反目竟成仇。
反是不思,　从此不再有期望,
亦已焉哉。　也是罢了别再提。

——《卫风·氓》末章

学者一般认为这是一首弃妇诗。

弃妇指的是被丈夫用某种原因抛弃的妇女。弃妇首先是社会现象,然后才是文学现象。《诗经》中被专家学者断定为弃妇诗或涉及弃妇意象的作品有十几篇,而公认为典型的有《氓》《谷风》和《中谷有蓷》三首。

《诗经》开创了弃妇诗这一主题,在后来的古典诗词曲赋中,始终回荡着一曲曲款款情深、亦悲亦愁,为女性所咏、为红颜所叹的怨女弃妇之悲情挽歌,如:

《孔雀东南飞》:"我命绝今日,魂去尸长留。揽裙脱丝履,举身赴清池。"

傅玄的《豫章行苦相篇》:"玉颜随年变,丈夫多好新。昔为形与影,今为胡与秦。"

李益的《江南曲》:"早知潮有信,嫁与弄潮儿。"

张籍的《离妇》:"谁谓出君门,一身上车归。有子未必荣,无子坐生悲。为人莫作女,作女实难为。"

那一首首如泣如诉、悲怆凄婉的弃妇诗,是诗人以仁者的胸怀,去感受她们的苦难,去呐喊对她们的不平,以此唤起社会对她们的同情和关注。

《氓》是一首长篇叙事诗,全诗共六章,讲的是一个不因年代久远而习见生厌的"痴情女子负心郎"的故事。诗中妇人痛说婚姻史,尽诉心中事:

那是在一次集市上,男子以买丝为由与女子搭讪,并玩世不恭地向女子表示爱意。女子因情遮眼,要求要明媒正娶。最后将婚期定在秋天这收获的季节。

自此，女子朝思暮想。见不到男子便忧心愁肠，潸然泪下；见到男子便眉开眼笑，芳心自足。

等到打卦占卜、预测婚事大吉后，男方派车前来迎娶，她就这样带着嫁妆过去了。

然而婚后的日子并不如意。女子起早贪黑，辛苦劳作，较之以前的年轻貌美，此时的她自认是体衰色减。而丈夫也渐渐厌恶她，变得暴戾、气躁，经常施以虐待。但是没有人理解她，包括娘家的兄弟也在嘲讥她。

经历这般痛苦，妇人想起了初恋时的欢愉以及两情相悦时的山盟海誓，不禁感叹世事无常和男子的负心。为了摆脱不幸，她下决心与男子分手，"反是不思，亦已焉哉"，从此对他不再抱任何希望，算了，分手吧。

爱情伊始似乎不需要任何理由，一次偶遇，一次回眸足以是天作之合而行周公之礼。而爱情的结尾，却又是各有各不同，酸甜苦辣咸，五味杂陈。我喜欢《氓》诗，正是欣赏全诗的结尾句，认同诗中女子敢于做出"反是不思，亦已焉哉"的人生抉择。

纵观古典文学相关作品，女子在遭遇婚姻变故后，有悲天悯人，独自哀伤；有心存希望，努力挽回；有不甘沉默，极力控诉；有幡然醒悟，决然分手。然而无论何种形式的表现或塑造，我们都无法绕开一个事实：她们都没有做出报复丈夫、家庭的极端行为。

肯定有人认为这是中国古代妇女的懦弱，是对封建礼教的牺牲，是社会的悲哀。我不会去反驳这种观点。

人类自父系氏族社会进入以男权为中心的阶级社会，这是人类文明史走过的路径，我们可以用发展和进步的眼光去批判；但如果把它还原到古代或上古时期，我们又确实很难简单地给它下一个单一的结论。是的，我更愿意注意到它的另一面：中国古代女性源自心灵深处的一种美德。当然，这并不等于"负心郎"可以逃避社会的谴责和唾弃。

面对婚姻的破碎和对前景的茫然，她们痛苦，她们无奈，她们不是不敢去抗争，而是知道这种极端的抗争只能给他人和自己带来更大的伤害。以直报怨，以德报怨，甚至于"举身赴清池"以死表清白。这何尝不是中国古代女性坚忍、善良和忠贞的性格特质呢？

先秦时代是我国古代婚恋较为自由的时代，所谓的妇女节烈观还不明显，就算在汉代亦是如此，《凤求凰》爱情故事中的卓文君就是再婚，不也一样传颂千古。至于"从一而终""三从四德""饿死事小，失节事大"，那已是宋代自下的事情，是宋儒伦理道德的标准，是宋儒的一大发明。

我欣赏《氓》诗中的弃妇，她咽下了悲伤，留住了善良，争得了做人的尊严。爱情是两个人的事，而婚姻则是一堆人的活，能过就过，否则各回各家。"反是不思，亦已焉哉"，淡淡一语，在那闪烁不定的人类情感星河中，像流星似的划过而留下了自身的光辉。尽管2000多年过去了，但她的抉择仍能引起人们直觉的共鸣和联想的认同，弃妇怎么了？谁活不是活！

　　生活尽管不如意，但只要换种活法，再糟糕的事也能在拐角处遇见美丽，那雨后的天空，也会因多了风雨的洗礼而变得清新。穿越2000多年的光阴，我似乎看到了涅槃重生，破茧为蝶！

你是人间四月天
——君子于役,不知其期

《诗》三百,要问我最喜欢的十首诗,那《君子于役》便是其一。

君子于役,	丈夫远行服役,
不知其期,	归期难以明确,
曷至哉?	不知何日回家。
鸡栖于埘,	鸡儿已经回窠,
日之夕矣,	太阳已经落山,
羊牛下来。	牛羊下山归栏。
君子于役,	丈夫远行服役,
如之何勿思?	叫我如何不想他?
…………	
君子于役,	丈夫远行服役,
苟无饥渴?	不知有否挨饥饿?

——《王风·君子于役》

诗人没有明确交待诗中的"役"是兵役、劳役还是其他什么事，但一般认为是去边地戍防。《诗经》中的君子一般指贵族以上阶层，此诗的君子应属下层贵族，亦可称为士。据史学家考究，先秦时代的下层贵族，其生活状况并不比后世普通农民好多少。

这是一首描写妻子怀念远去服役的丈夫的诗，更是一首奇特的思妇诗。

丈夫远行服役，妻子独守家中。等待本是一种煎熬，而归日无期的等待又岂是煎熬两字所能形容的？"曷至哉？"不知何日方可归家，每天都有希望，可每天又都是失望，这是未知的焦虑，这是反复的折磨。

诗人本可对妇人的思归之苦加以渲染，但出人意料的是，诗人突然笔锋一转，展现在我们眼前的是妇人日复一日的生活常景：依旧是日出而作，日入而息；依旧是日落西山，鸡儿回窠，牛羊进栏。黄昏，这是回家的时间，是团聚的时刻。太阳回去了，鸡儿回去了，牛羊回去了，可我的丈夫呢？还是没回来。倚门而立，惆怅盼归的妻子又失望了。触物伤情与日暮思归在这里显得是那样自然和必然，让人无法控制和难以摆脱。把以景致写愁绪表现得淋漓尽致，倍增其情；而不加修饰的白描更是直接触动了人们心中最易感伤的地方，如临其境，感同身受。

此诗的风格独特而温情，后人评价甚高。清人方玉润如此说："傍晚怀人，真情真景，描写如画。晋、唐人田家诸诗,恐无此真实自然。"清人许瑶光更是认为:"鸡栖于桀下牛羊,饥渴萦怀对夕阳。已启唐人闺怨句,最难消遣是黄昏。"《君子之役》开创了我国古代诗歌的黄昏思归、暮日怀远之意象,后世文人大家亦屡试不爽,相得益彰。

如孟浩然的《宿建德江》:"移舟泊烟渚,日暮客愁新。野旷天低树,江清月近人。"

如李白的《菩萨蛮》:"平林漠漠烟如织,寒山一带伤心碧。暝色入高楼,有人楼上愁。"

如温庭筠的《望江南》:"过尽千帆皆不是,斜晖脉脉水悠悠。肠断白蘋洲。"

如马致远的《天净沙》:"枯藤老树昏鸦,小桥流水人家,古道西风瘦马。夕阳西下,断肠人在天涯。"

我之所以喜欢这首小诗,除了真实、自然的意象外,更因为全诗最后一句打动了我。

有学者认为"此诗虽没有一个怨字,可字字都是怨",对此,余不以为然。诗中有思念,亦有痛苦,但很难找到怨思和怨恨,更没有呼天抢地的愁断肠。从结尾句"君子于役,苟无饥渴"中,我看到的是承受,是理解,是一种可称为美德的挚爱。

丈夫远行服役,妻子不仅持家操劳,而且独守空房,承受着离鹤别鸾之苦,其当然希望丈夫能早日归家,共享天伦。然而,她最担心的还是丈夫的身体和处境,她不希望丈夫忍饥挨饿。这是朴实无华、实实在在的爱,是一种难得的因理解而萌发的爱：他也不想这样，可没办法啊，官役在身，不由得他，只是希望他能好好地回来。这就是理解，这就是2000多年前的"懂你"，浅浅中见浓情，淡淡中有真爱。

懂你，不是牵强，也不是无奈，而是自觉明晓；

懂你，是理解的柔情，入心入肺，入骨入髓；

懂你，不需要山盟海誓，也不需要琴瑟相和，只需心存彼此、心有灵犀；

懂你，是一种幸福，静静相守，默默祝福，温情至老。

《君子于役》虽然过去了2000多年，可每每读起，总会感觉时空错乱，那位孑然倚门、盼夫归家的妇人似乎就在你的视线中，正浅吟着林徽因那首现代诗：

"你是爱，是暖，是希望，你是人间的四月天。"

努力伸出手 也无法触及你的指尖
——其室则迩,其人甚远

2013年,美国旧金山轻轨发生一起随机命案,因与"低头族"有关而备受社会关注,凶手在列车靠站后尾随一名素不相识的大学生至暗巷后,将其杀死。警方事后调出监控录像,录像显示了当时车厢内不可思议的一幕:一名失去理智的男子突然掏出手枪不停挥舞,可车厢里的十几名乘客只顾低头玩手机或平板电脑,全然没有注意到凶手的举动。也许凶手也觉得不刺激,所以选择了靠站后行凶。

这就是"低头族","我在看你,你在看手机"。手机在拉近人与人距离的同时,也制造了世界上最远的距离:我站在你面前,你却在看手机。

《诗经》也有讲距离的。

东门之墠, 东门土坪真平坦,
茹藘在阪。 茜草沿着山坡长。
其室则迩, 他家就住在近旁,

其人甚远。 他人却像在远方。

东门之栗， 东门种的有板栗，
有践家室。 房屋建得很整齐。
岂不尔思？ 怎会对你不思念？
子不我即。 是你不肯亲近我。

——《郑风·东门之墠》

东门是个好地方，《诗经》中多次出现有关东门意象的诗篇，如《东门之墠》《出其东门》《东门之池》《东门之杨》等。古人建屋造城十分讲究方位风水，而日出之东方更是被视为生机和温暖，紫气东来之地。从考古资料看，中国古代的繁华商业区都在东门一带，而《诗经》的东门意象则是爱情之门、浪漫之门。

至于此诗诗旨，历来存异，但大多数学者认为本诗是一首女思男的单相思（或男女情恋仅有单方思想）的情诗。

在那繁华而神秘、生机而浪漫的东门，有一块平整的土坪，土坪旁边的小山坡爬满了紫红色的茜草，其淡黄色的花朵随风摇曳。附近还长有茂密成荫的栗树，姑娘朝思暮想的意中人的住屋就在其中。她凝望着，焦急地等待着，为什么他不出现呢？为什么他还不出现呢？住在咫尺却像远在天边；她痴怨着，心里自言自语，我怎么会不想你呢？是你不理我，你干吗不理我呢？

　　《东门之墠》全诗仅有 32 字,但简约韵神,委婉隽永。尤其是"其室则迩,其人甚远"两句,更被誉为千古佳句。仅此八字,便将双方空间之近(室迩),情感之疏(心远)描写得形象深刻。在这里,物理空间和心灵感触形成巨大反差和互换,从而产生了非常规的距离感,这是一种心理情感的丈量模式。如宋人杨万里的:"每望南云尺有咫,其人甚远只嗟咨。"亦如现代诗人顾城《远与近》一诗所吟诵的:"你看我时很远,你看云时很近。"明人孙矿在《批评诗经》中,是这样赞誉这两句诗的:"用语工绝,后世情语皆本此。"

　　这两句看似淡然的诗,其背后或许隐藏着太多的纠结和宿命。

"其室则迩",虽两两相望,近在咫尺,但"其人甚远",心隔千山,即使努力伸出双手,也无法触及你的指尖。我思君长久,君隔我天涯。

思念明月下,愁飘秋雨中。想你,撷一串红豆;盼你,折千只纸鹤。

一坡茜草爬满了一段心路,一排栗树荫庇着一脉呢喃。思念是静谧的期许,亦美亦纯,亦忧亦愁。"我本将心向明月,奈何明月照沟渠。"

难道这是缘分?佛祖不语,用手指天。顺之看去,云卷云舒,随风东西。于是顿悟:缘如风,风不定;缘是云,聚散皆是缘。

此情此景,还有那站在唐朝风雨中的大诗人李商隐,"红楼隔雨相望冷,珠箔飘灯独自归"。他望着那女子闺房的窗口,最后也只能一人挑灯归去,怅然若失。也许那女子正隔着窗户,望着那渐行渐远的孤单;也许那女子曾与他有过心有灵犀,而现在也只能黯然分离;又也许正是有了那雨巷背影,才有了后来一路的幽思想念……

一舟千意蕴 舟载万古情
——泛彼柏舟，在彼中河

古代有"柏舟之痛"和"柏舟之节"的说法，这源自《邶风·柏舟》。此诗讲的是卫国的太子共伯英年早逝，他的妻子共姜坚持为他守节，并誓言不再改嫁的故事。而《诗经》另一篇《柏舟》讲的却是另番景象，是一个热恋中女子对爱情的忠贞不渝、非君不嫁的故事，又称"矢志柏舟"或"柏舟之爱"。

泛彼柏舟，	水中漂来柏木船，
在彼中河。	漂啊漂在水中央。
髧彼两髦，	蓄分头的好少年，
实维我仪。	实在讨得我喜欢。
之死矢靡它！	至死也不把心变！
母也天只，	我的娘啊我的天，
不谅人只。	为何不能理解我！

——《鄘风·柏舟》首章

"髧",为头发下垂貌;"髧髦",是把垂下的头发分向两边状。古代男子20岁行成人礼后,方可以"束发而冠",称"加冠"。诗中男子发型为"髧髦",显然是不到20岁的小伙子。

"柏舟"为柏木做的船。我们的祖先很早就发明了船,据考古发现,迄今最早的船是杭州萧山跨湖桥遗址的独木舟,船体长超过两米,距今约8000年。

水可载舟,亦可覆舟。可在诗人笔下,舟却成了永恒的托承之力,托起了一船情愁,承载着满舶飘零。《诗经》中涉及舟船的篇章约为12首,诗中扁舟,或泊于江,或泛于湖,或"在彼中河",或"在彼中侧",江水茫茫,行舟渺渺。《诗经》之舟漂过了悠悠2000多年的历史长河,引出舟船意蕴万千,荡起人生百态杂陈。

屈原的《九章·涉江》:"乘舲船余上沅兮,齐吴榜以击汰。船容与而不进兮,淹回水而疑滞。"诗人在前往流放地时,乘船逆水而行。虽然划船的人十分努力,但船速仍非常缓慢,仿佛在漩涡中停滞不前。诗人以舟船行态,抒发其远离故国之悲哀伤情。

柳宗元的《江雪》:"千山鸟飞绝,万径人踪灭。孤舟蓑笠翁,独钓寒江雪。"诗人"永贞革新"失败后被贬永州,在无父无母,无妻无儿的处境下,以孤舟比喻孤独与飘零之感,以处孤舟而独钓,比喻顽强清高和傲岸凛然之品格。

白居易的《适意》:"岂无平生志,拘牵不自由。一朝归渭上，泛如不系舟。"不系之舟，随波荡漾，优哉游哉，其乐融融。

李清照的《武陵春》："闻说双溪春尚好，也拟泛轻舟。只恐双溪舴艋舟，载不动许多愁。"诗人因金国南下，几经丧乱，丈夫逝世，只身流落金华。眼见一年一度的春景，物是人非，悲从中来。满是悲愁，又岂是泛舟可解？

"乃乘扁舟，浮于江湖，变名易姓。"这是范蠡的归隐之舟。

"永忆江湖归白发，欲回天地入扁舟。"这是李商隐的超俗之舟。

"过尽千帆皆不是，斜晖脉脉水悠悠。"这是温庭筠笔下的思妇思念之舟。

"春潮带雨晚来急，野渡无人舟自横。"这是韦应物的无为之舟。

"道不行，乘桴浮于海。"这是孔子的载道之舟。

"饱食而敖游，泛若不系之舟，虚而敖游者也。"这是庄子的逍遥之舟。

"般若波罗蜜多。"这是佛祖的智慧之舟、普度之舟。

乘舟怀忧，望舟抒志；一舟千意蕴，舟载万古情。

而《鄘风·柏舟》则是一叶爱情之舟。

诗中女子大胆追求心中的爱，渴望能与意中小伙子共结良缘，并率真而大胆地表达了自己的意愿：我很喜欢他，非他不爱，非他不嫁！但父母并不赞同，也许还在阻挠这对年轻恋人的来往。无奈和怨愤促使女子发出了强烈的呐喊：娘啊！老天爷啊！你们为什么不理解我的感受呢？

女子对爱情的忠贞不渝能否打动父母、上天呢？诗人伏笔，只留遐想。

或许女子父母消除对她的误解，释怀应允；或许女子父母迫于无奈，只有默许；又或许"髧彼两髦"的小伙子的相貌和德才最终得到认可，被欣然接受。果真如此，女子肯定会搂着母亲，羞涩而甜甜地说：

"哎哟，妈妈，你可不要对我生气，年轻人就是这样相爱。"

《诗》可兴

千古一诗经　第三只眼看《诗经》

朱熹《诗集传》:"兴者,先言他物,以引起所咏之词也。"

兴:托物以言志,触类旁通以激化情志。

生命的大圆满
——蜉蝣之羽，衣裳楚楚

当年苏东坡于"乌台诗案"获释后被贬于黄州，在与友人泛舟游玩城西赤壁时，触景伤情，扣舷而歌，给后人留下了千古名篇《前赤壁赋》。诗人通过"寄蜉蝣于天地，渺沧海之一粟。哀吾生之须臾，羡长江之无穷"的吟诵，感叹生命的短暂和人类的渺小。

苏东坡此情此哀，和《诗经》同出一辙，一叹千年。

蜉蝣之羽，_{蜉蝣的毛羽，}
衣裳楚楚。_{像衣裳一样明亮光泽。}
心之忧矣，_{心里忧伤啊，}
于我归处？_{不知哪里是我的归宿？}
——《曹风·蜉蝣》首章

此诗乍看很美，细看很悲，赋美写哀，其情倍增。至于诗旨何为，我着实不太关注，我看重的是 2000 多年前诗人所发出的对时间、对人生的思考和无奈，这无疑给了我们很大的想象空间和哲理反思。

蜉蝣是最原始的有翅昆虫,其幼虫期为水生,生活在淡水湖或溪流中,幼虫期可达数月,甚至一年以上。

成虫后的蜉蝣很美,柔软纤细,长着一对大大的、完全透明的翅膀。它尾部那两条长长的尾丝,好像浮云舒卷,嫩柳拂水,极是飘逸。飞翔时,振动的翅膀在阳光照射下闪闪发亮,俏丽迷人,宛如古代舞娘,蹁跹浪漫,婀娜多姿。

成虫后的蜉蝣不饮不食。从午后至傍晚,雄蜉蝣一直在空中展翅飞翔,目的只有一个,就是期待获得雌蜉蝣的"青睐",人们将雄蜉蝣这种执着美称为"婚飞"。而雌蜉蝣则在一旁观察,瞄准心仪的雄蜉蝣后便直奔而至,与之狂舞交配,义无反顾,直至死亡。众多蜉蝣死后掉落地面,能积成厚厚一层,惨烈动魄,睹之动容。李时珍在《本草纲目》中,将这不可思议的自然现象称之为"朝生暮死"。

蜉蝣的美丽与存活的短暂构成了强烈的对比,自然引起诗人对生命的沉思和焦虑。善感的诗人以这朝生暮死的小生命起兴,比喻人生的短暂、生命的脆弱和终须面对死亡的困惑,不禁"心之忧矣",嘘唏沉吟,感叹自己将来不知所归何处,魂宿何方。

生与死,这是一个恒久的哲学命题,也是千思百虑的现实问题。曾听说有人请教季羡林先生:主义和宗教,哪一个先在人群中消失?季老回答:假如人们解决不了对死亡的恐惧，怕还是主义先消失吧。

庄子认为，人之生死都是一种"天行"，即自然运动变化的结果，故应以自然的态度去对待，应持以"恬静寂寞、虚无无为"的平常心。他的妻子死时，庄子的送别形式是"鼓盆而歌"。前去吊唁的惠子很是不解，申斥庄子："你的妻子与你长期厮守，为你生儿育女，老而身死，你不悲哭也就罢了，却敲着盆唱歌，岂不太过分了？"庄子则认为："人原本无生命、无形体、无气息，在有无变化之间才形成有气、有形、有生之人。死是生命变化的结果，这与春夏秋冬四季变化一样。今已安息于天地之间，我要哭哭啼啼，那岂不是不通生命变化之情理？"

在藏传佛教中，宁玛派是把生死观阐述得最为透彻的。该派一位上师十几年前在英国出版《西藏生死书》，轰动了整个西方，引起国际上对生死观的重新审视，宁玛派因此被称为"指导一个人死亡"的宗教。该书认为：唯有读懂死亡，才能懂得生命的真谛；只有不惧死亡，才能精彩地活着。许多学者赞誉此书为一部足以参透生死、令人大彻大悟的"千年之书"，其中的理念已超越宗教与文化的界线，是人类应有的智慧和价值。

从生到死，其实就是一个老去的过程。如何面对渐渐衰老的容颜，是坦然还是恐惧？是安然还是无奈？不同的抉择有着不同的人生演绎。

其实，在着急脸上的皱纹渐多渐深时，我们往往忽视了对心灵的抚慰、滋养，而真正与之相伴终身的，正是自己的灵魂。正如塞缪尔·厄尔曼在《年轻》一文所言："年轻……它是心灵中的一种状态，是头脑中的一个意念，是理性思维中的创造潜力，是情感活动的一股勃勃的朝气，是人生春色深处的一缕东风……岁月可以在皮肤上留下皱纹，却无法为灵魂刻上一丝痕迹。"

蜉蝣的短暂和惨烈孕育了新的生命，基因得以延续且生生不息。

蜉蝣不怕老，它连老的概念都没有；蜉蝣不恐惧，它没有时间去恐惧。生命的戛然而止是在它最美丽、最灿烂、最优雅和最有意义的时刻，这岂不正是佛教的大圆满吗？

一座山的故事
——秩秩斯干，幽幽南山

《诗经》是我国传统文学之文韵的精灵，诗歌的鼻祖，其中不乏美到灵魂、雅到骨髓的优美诗句。

《小雅·斯干》："秩秩斯干，幽幽南山。如竹苞矣，如松茂矣。"何等优美！炳炳烺烺，沈博绝丽。但直译成现代汉语就逊色多了：清澈流淌的溪涧水，幽幽深邃的终南山。有那密集的竹丛，有那茂盛的松林。

《斯干》是一首西周贵族在举行宫室落成仪式时所唱的歌辞，其以溪水、南山、松竹起兴，比喻宫室环境优雅、兄弟和睦友爱以及主人品格高洁。"南山"意象在《诗经》11首诗中出现，其在后来的古诗文中更是屡见迭出，它的物理意义当然指山，但具体所指又有区别，概为五种：一是终南山，二是祁连山，三是南屏山，四是荆南山，五是泛指南面的山。

以山名入诗，诗的意象已完全超出了山的地理概念，涵盖了丰富的人文意蕴。《诗经》中的"南山"意象就包括了男女情事、祝寿祈福、抒志思忧和深邃静美四种寄情类别。

受《诗经》"南山"所形成的意象和人文内涵的影响,后世文人墨客以南山一词入诗词者俯拾即是,意蕴各异,各美其美。余粗略统计,流传至今的此类作品绝对不下两千首。如:

曹植:"揽弓捷鸣镝,长驱上南山。"

陶渊明:"采菊东篱下,悠然见南山。"

曹操:"四皓隐南山,子欲适西戎。"

嵇康:"望南山兮发哀叹,感机杖兮涕汍澜。"

王维:"君问终南山,心知白云外。"

白居易:"南山入舍下,酒瓮在床头。"

李白:"送尔长江万里心,他年来访南山老。"

个个大家,首首精彩!

《斯干》的"幽幽南山"指的是终南山,其意是赞美终南山的深邃静美。

终南山又名太乙山、中南山、周南山等,简称南山。在上古时代,终南山所指的范围可大可小,可指秦岭一带,亦可延伸至乔戈里峰。而当下所说的终南山,指的是西安市南面40公里的系列山岚。

终南山千峰叠翠,景致旖旎,是传说中仙境与尘世的分界,享有"天下第一福地"之美誉。然而,终南山之所以成为古今敬仰的历史名山,是仰仗于它所承载的厚重人文精神。在那深邃的山脉中,我们看到的是沧桑历史、天地智慧和隐逸仙风:

　　西侯度猿人文化、蓝田猿人文化、大荔猿人文化、丁村古人文化、半坡文化都在这里繁衍生息，民族的血脉于此延伸；

　　伏羲、女娲、玄帝、炎帝、后稷、仓颉、大禹等相关上古传说都在这里发生，华夏的故事在此书写；

　　太公钓鱼、商山四皓、财神、八仙的故事都出自这里，隐士与神仙、天上与人间从此聚集；

　　仙风道骨、佛门高僧、儒学大家修行参悟于此，纳日月天地之精华，共铸中华人文思想之辉煌！

　　终南山，历经沧桑而波澜不惊，含蓄内敛而特立独行。数风流人物，一位老者踽踽独行，穿越了2500多年的时光，走出大山，走出了华夏，至今仍远足在那五洲四海……这是一个关于终南山成为中华民族人文思想诞生地的传奇故事,是一个影响后来中国乃至世界的精彩故事。

传说2500年前,函谷关关令尹喜在终南山结草为楼,每日登之观星望气。一日忽见紫气东来,吉星西行,他预感必有圣人经过此地,于是守候关中。果然一位老者身披五彩云衣,骑青牛而至。尹喜以关牒为由,诚邀老者进山讲经著说。老者来到草楼,与尹喜说经论道,留下了一篇5000余字的经文,便飘然而去。皓首白须、聪慧绝伦的老者姓李名耳,俗世尊称老子,仙界称他为太上老君。留下的经文为与日月同辉的千古名篇《道德经》,而坐落在一座不算巍峨山冈中的草楼讲经台,也成了后人追求的哲学之巅。

"道可道,非常道,名可名,非常名。"斯人已去,大音犹在。2500年前哲人之思,伴随着漫卷岚霭和那悠扬钟声,至今仍吟诵在幽深静美的终南山中,并回荡于深邃无尽的苍穹之上。

时至今日,终南山还有5000多人在过着修行生活,践行着超脱现实的名利追逐,寻觅内心那一份恬静自在。对于游离于入世与出世的他们,这是人生新的起点,也是人生的原点。

秩秩斯干,幽幽南山;厚德载物,大道永恒。

飞蓬不是荒芜 素面源于自信
——岂无膏沐,谁适为容

南宋爱国词人辛弃疾在《醉翁操·长松》一词中写道:"送子东,望君之门兮九重。女无悦己,谁适为容。"辛弃疾在词中借用了《诗经》以女子不知为谁装扮的意境,暗喻自己心有热血满腔,却一生抱负不得施展。

伯兮朅兮, 我的大哥真威猛,
邦之桀兮。 是我们邦国的英杰。
伯也执殳, 我的大哥手执长殳,
为王前驱。 当了君王的前锋。

自伯之东, 自从大哥向东征战,
首如飞蓬。 我任由头发散乱如风吹蓬草。
岂无膏沐, 我也无心装扮,不是没有化妆的油膏,
谁适为容! 而是没有谁能让我为他装扮、为他美容。

——《卫风·伯兮》一、二章

据考证，先秦时女子装扮只用油膏，秦汉以后才有脂粉之类的容妆品。

"飞蓬"，原指一种遇风拔起、随即飞扬的菊科草本植物。诗句中的"飞蓬"后来演变为"蓬头垢面"。《魏书·封轨传》："君子正其衣冠，尊其瞻视，何必蓬头垢面，然后为贤。"

《伯兮》是一首描写妻子在家想念从军丈夫的诗篇，妻子既为丈夫在军中的发展而骄傲，又为丈夫以死征战而担忧，这种纠结的心情又直接反映在留守家园的生活态度上，"谁适为容？"既然他都不在家，我打扮给谁看？无心梳妆，随它飞蓬。

诗中的"谁适为容"后来演变成"女为悦己者容"。其出自《战国策·赵策》，"嗟乎！士为知己者死，女为悦己者容"。前半句描写男人的重义悲壮，后半句道出女性的忠贞婉情。

从"谁适为容"到"为悦己者容"，这里发生了一个微妙的变化，由"我为喜欢的人"切入到"为能让我愉悦又欣赏我的人"而容。我喜欢的人不一定会让我愉悦，也不一定懂得欣赏我，若用当下语言就是：为能读懂自己的人而容。

人生在世，浮华幻梦；总有一人，视你如命。在古代的诗歌中，"谁适为容"的心态写照俯拾即是：

如徐幹《室思》的"自君之出矣，明镜暗不治"。

如南朝民歌《清商曲辞·攀杨枝》："自从别君来，

不复著绫罗。画眉不注口，施朱当奈何。"

又如李白《春思》："春风不相识，何事入罗帏。"丈夫既然不在家，春风也不让吹入罗帐了。

还有李清照《凤凰台上忆吹箫》的"香冷金猊，被翻红浪，起来慵自梳头。任宝奁尘满，日上帘钩"。丈夫外任差事，自己独居青州，香炉的香料已燃尽也懒得去添，锦被胡乱堆在床上也懒得折叠，髻鬟蓬乱也无心梳理妆容，任由尘封也不去洁净扫除。生活态度的转变，不正是那离愁别绪的内心写照吗？

头是人体的核心部位，无论是发型、发饰、面饰、眉饰、牙饰、耳饰还是唇饰，都是为了衬托头部，如果连头部都无心打点，任由蓬乱，可见当时的情绪已彻底抛弃了审美意识和世俗观念，而这种随之任之，也折射出其心灵深处的执着、忠贞和情感价值取向。以丑显苦，情浓意深。飞蓬不是荒芜，而是蕴藏着爱的炽烈，只等重逢时如同火山般迸发的那一刻，轰轰烈烈。

当然，如何对待高贵的头，还有另一种态度，就是坦然自信，素面朝天。

古罗马一位作家曾说过："头是身体最高贵部分，造物主把头安置在最显眼的地方，它的魅力来自它天然的光辉。"如是，能把这光辉照得最耀眼灿烂的，也许要算唐代的虢国夫人了。

虢国夫人是杨贵妃的三姐，唐玄宗叫她姨，坊间称风流姨娘。据史书记载，她有倾城倾国之美貌，入朝觐见天子唐玄宗时，从不施脂抹粉。唐人张祜有感作诗，似褒似贬道："虢国夫人承主恩，平明骑马入宫门。却嫌脂粉污颜色，淡扫娥眉朝至尊。"这就是"素面朝天子"的典故由来。

虢国夫人之所以敢"素面朝天"，其底气固然是因为天生丽质。但有一种自信却源于个人的内在品质。就此，毕淑敏在《素面朝天》一文中作了透彻的剖析，并自信地写道：

"是的，我不美丽，但素面朝天并不是美丽女人的专利，而是所有女人都可以选择的一种生存方式……我相信不化妆的微笑更纯洁而美好，我相信不化妆的目光更坦率而真诚，我相信不化妆的女人更有勇气直面人生。"

是浓妆，是淡抹，是素面朝天？各花入各眼，各人自喜欢。我只知道，谁都会倾慕知书达理、聪慧内秀而又淡抹宜人的女子。

投出的是情 回报的是爱
——投我以桃,报之以李

春秋时期,孔子开坛讲学,引起国人关注。时人阳虎为此去看望孔子,孔子没见,阳虎特地留下了一只烤乳猪。不知是吃了别人的嘴软,还是拿了别人的手短,又还是因一只烤乳猪而感动,阳虎最终得到了孔子的回访。孔子的回访,被当时儒家认为是"礼尚往来"而大力提倡。如是,这种来而不往、往而不来皆非礼的"礼尚往来"思想往上溯源,就是"投我以桃,报之以李"了。

> 辟尔为德,修明你的美德,
> 俾臧俾嘉。做到唯善唯美。
> 淑慎尔止,谨慎你的举止,
> 不愆于仪。不失礼貌仪容。
> 不僭不贼,不犯过错不伤害,
> 鲜不为则。很少不被人仿效。
> 投我以桃,人家把桃送给我,
> 报之以李。我用李子来相报。
>
> ——《大雅·抑》八章

《抑》诗共12章,是卫武公借以自警并讽刺王室的诗歌。卫武公经历了厉王、宣王、幽王以及东周的平王四朝,他在诗中阐述了西周如何走向崩溃以及揭露了东周统治集团内部的腐朽。"投我之桃,报之以李"的原意是指既然受到人民的爱戴,就应作为万民楷模,以报答人民,后人简洁为"投桃报李"之成语。

投以瓜果的情景在《诗经》中多次出现,如《卫风·木瓜》:"投我以木瓜,报之以琼琚","投我以木桃,报之以琼瑶","投我以木李,报之以琼玖"。你送给我瓜果,而我则以佩玉相赠。

这是当时的习俗。女子一旦喜欢上某男子,就会向男子投赠李子、木瓜、桃子等瓜果,除表示爱慕外,还暗示生殖能力强,期许多子多福;而男子若中意,则用贵重的佩玉回报,以示品德、身份和成家的能力。这种不等价的交换不知何时形成,这就是"订婚礼金"。这样一来,当下待婚男子可都要郁闷了,礼金是要给的,而且不能少,这是老祖宗留下的规矩。

投赠瓜果以示欣赏男士的习俗,到魏晋时仍然存在。

晋朝时的潘安,长得异常俊美,也有才华,在当地很有名气。此公有一习惯,喜欢坐着华丽的车子到郊外游玩。每次出游,车子后面总跟着一大群少女、妇人,甚至老太太也凑兴跟在后面追逐。她们争着往车子里投掷水果,以表爱意和倾慕。每次出去一趟,潘安的车子里全是水果,满载而归。成语"潘郎车满"讲的就是这个典故。

潘安是幸运的,凭美貌可不劳而获,而与潘安同样位列中国古代四大美男的卫玠却因貌美惹祸,甚是悲催。卫玠,西晋末年人。据史书载,卫玠长得白皙细嫩,轮廓分明,晶莹剔透,"像玉一样润"。卫公子喜欢坐着小羊车漫行于街,本想安静地做个美男子,谁知此时姑娘们都会蜂拥而至,以一睹其芳容为幸。为了仕途,卫玠来到建康,由此引发了全城轰动,大家争相围观,人山人海,"观者如堵墙"。卫公子哪经得起如此折腾,本来体质虚弱,加上心理压力大,终于一病不起,卒年27岁。一个大美男愣是活生生地被女人们看死,真是同美不同命!"看杀卫玠"成语亦出于此。

"投桃报李"有礼节的含义,有平等的成分,而感恩则是它的核心内容。说起感恩,我们又无法绕过因果,即因缘果报,因果轮回。

有这样一个感人的故事:弗莱明是一个贫穷的苏格兰农夫,一天,他救起一个险被泥沼淹死的小孩。第二天,一位风度翩翩的绅士来到弗莱明家,自称是被救孩子的父亲,并表示要报答农夫。农夫婉言谢绝。这时,农夫的儿子从屋里走出来,绅士说:"那好,我将提供给他和我儿子同样好的教育。"

农夫的儿子最后毕业于伦敦大学圣玛丽医学院,他就是因发明盘尼西林而闻名世界的亚历山大·弗莱明。

数年后,那位绅士的儿子得了很严重的肺炎,这次又会是谁来救他呢？弗莱明发明的盘尼西林！而他是谁呢？他就是"二战"时叱咤风云的英国首相丘吉尔！

投桃报李，因果轮回；做谦卑之人，存感恩之心。这是生命的真谛！

如饥似渴也是情
——未见君子，惄如调饥

汉魏时期的文学家曹植在《洛神赋》中写道："转眄流精，光润玉颜。含辞未吐，气若幽兰。华容婀娜，令我忘餐。"其所描写的是对洛神的爱慕与迷恋，洛神美丽迷人的姿色令自己到了忘餐亦饱的地步，这就是文学意象中的"秀色可餐"。这种以"食"喻情、喻美的比拟意境，最早源自《周南·汝坟》。

遵彼汝坟，沿着汝水堤岸走，
伐其条枚。砍伐山楸那枝条。
未见君子，未能见到我夫君，
惄如调饥。情如早上的饥饿。

遵彼汝坟，沿着汝水堤岸走，
伐其条肄。砍伐山楸那余枝。
既见君子，终于见到我夫君，

不我遐弃。还好没将我放弃。

——《周南·汝坟》一、二章

《诗经》"国风"篇160首中,超过半数作品都与妇女有关。《汝坟》是一首思妇诗,描写的是西周末期战争年代夫妻重逢的故事。全诗共分三章,第一章写妇人思念远征在外的丈夫的心情,"惄如调饥";第二章写夫妻重逢的情景,庆幸丈夫没有因为战乱而放弃自己;第三章写妇人担心家在国乃乱,丈夫还要离开她去远征,家中的父母不知如何养活。

战争、兵役对国家、社会的影响是巨大和深远的,正因如此,便有了不少春闺思梦人,亦多了不少哀愁悲情诗。如杜甫的"三别",写的都是军役的惨况和民情的哀怨:

《新婚别》:"结发为妻子,席不暖君床。暮婚晨告别,无乃太匆忙!"

《垂老别》:"四郊未宁静,垂老不得安。子孙阵亡尽,焉用身独完。"

《无家别》:"存者无消息,死者为尘泥。贱子因阵败,归来寻旧蹊。人行见空巷,日瘦气惨凄。但对狐与狸,竖毛怒我啼。"

"未见君子,惄如调饥"是《汝坟》的经典诗句。试想,丈夫常年服役在外,生死未卜,而妻子则要承担起全家的负担,"男耕女织"系于一身。她忍受着生理和情感这种复合型的"饥饿",大清早只身上山砍樵伐薪。一路相思一路愁,她又想起了久不归家的丈夫,不知他是生是死,他也不知我对他是如何的思念。当凄凄秋风吹来她那句"未见君子,惄如调饥"的悲伤叹息时,谁闻之而不唏嘘呢?相思是把钝刀子,一刀不足以致命,但反复同一动作,却是叫人生不如死,个中痛苦又岂是牵肠挂肚、寝食不安所能形容。

诗中把妇人思盼夫君之渴望,比喻为早上没吃饭的饥饿。这种以"食"和"饥"喻情之渴望,在《诗经》中,还有《曹风·侯人》的末句:"婉兮娈兮,季女斯饥",其描写的是年轻貌美的少女思念情郎,而那相思之切如《汝坟》的妇人一样,如饥似渴,万般煎熬。钱锺书在《管锥编》说道:"按以饮食喻男女,以甘喻匹,犹巴尔扎克谓爱情与饥饿类似也……小说中常云'秀色可餐','恨不能一口水吞了她',均此意也。"既然情感可食、可饥,自然也就"秀色可餐"了。

"秀色可餐"一词最早见于西晋陆机的《日出东南隅行》:"鲜肤一何润,秀色若可餐。"那女子肌肤鲜艳而柔嫩,简直让人想亲近她,浑然忘记了饥饿。

"秀色可餐"除比喻女性的姿色美丽诱人外,亦可形容自然景致和花卉植物的优美秀丽。如:

程俱《戏书古句题山居》:"青山秀色若可餐,卷书饥坐看南山。乐哉洋洋岩下水,可以乐饥仍洗耳。"

陆游《山行》:"山光秀可餐,溪水清可啜。"

耶律楚材《过济源和香山居士韵》:"秀色已可餐,何须杜康酒。步步总堪诗,佳篇如素有。"

喻良能《谢叶致政送芍药》:"佳葩如美人,艳态妖且闲。叶园美无度,有花字雌丹。晨妆谢膏沐,秀色若可餐。"

当然,"未见君子,惄如调饥"还有另一层隐喻。"调饥"即早上未进食而有饥饿之意,也叫"朝饥","朝饥"或"朝饱"在先秦时代往往又被用来比作"男女合欢"的隐语。

从"惄如调饥"到"秀色可餐",这也正好从另一个角度诠释了孔子的"饮食男女",这也是中国语言文字的无穷张力和有趣的演绎。

一抹杨柳 抹出世情万千
——昔我往矣,杨柳依依

谢安、谢玄是两个掷地有声的名字,是历史上著名的"淝水之战"的决策者和参与者。谢玄是谢安的侄子,某天,谢安问谢玄《诗经》中哪句诗最佳,谢玄称:"昔我往矣,杨柳依依;今我来思,雨雪霏霏。"

> 昔我往矣,　当初离家从军去,
> 杨柳依依。　杨柳向我轻摇曳。
> 今我来思,　如今服役回来了,
> 雨雪霏霏。　路上雨雪纷纷飞。
> 行道迟迟,　道路很远走得慢,
> 载渴载饥。　又饥又渴极辛苦。
> 我心伤悲,　我的心中很伤悲,
> 莫知我哀。　没人知道我痛楚。
>
> ——《小雅·采薇》末章

《采薇》共6章,末章最为经典。清人方玉润的《诗

经原始》对此章评价甚高:"此诗之佳全在末章,真情实景,感时伤事,别有深情,非言可喻。"

《小雅·采薇》讲的是当时北方发生的战争,战争结束后,征战多年的诗人在归途中追忆思归之情,叙述难归之因:昔日我出征时,家乡的杨柳摇曳。在诗人的记忆中,无限好的春光却成了春愁依依,因为要别离家人,远征戍边;今天我回归了,大雪纷飞。能活着回来和家人团聚,这是劫后余生,值得庆幸,尽管数九寒冬大雪飞,也难掩重逢期冀的炽热。诗人踽踽独行,忍饥挨饿,抚今追昔,感慨唏嘘:离别之苦,戍边之艰,又有谁知道呢?

对此,明末清初思想家王夫之在《姜斋诗话》有这样的评价:"'昔我往矣,杨柳依依。今我来思,雨雪霏霏。'以乐景写哀,以哀景为乐,一倍增其哀乐。"而后来诗人,得其精髓亦仿之。如陶渊明:"昔我云别,仓庚载鸣。今也遇之,霰雪飘零。"又如刘禹锡:"昔看黄菊与君别,今见玄蝉我却回。"

毛泽东在《蝶恋花·答李淑一》一词中写道:"我失骄杨君失柳,杨柳轻飏直上重霄九。"这里的"杨",是毛泽东第一任妻子杨开慧;而"柳",则指李淑一的丈夫柳直荀。那《采薇》诗中的"杨柳"指什么呢?这是一个容易被误读的地方。

有一种说法,认为《采薇》中的杨柳指的是杨树和柳树,隋以后才有特指南方的柳树一说。其理由是,隋朝炀帝杨广于大业年间下令开通济渠和邗沟(隋唐大运河其中一段),并在堤上遍种柳树。因隋炀帝钟爱此树,特赐国姓,故始有"杨柳"一说。这实际上是一民间传说而已。后来明人冯梦龙、清人褚人获分别把这一传说写进了《醒世恒言》《隋唐演义》的小说中,误打误着,使得这一故事在民间广泛流传。

事实上,《诗经》中所写的杨柳指的就是柳树,据成书于战国至秦的《尔雅》释义:"杨,蒲柳也。旄,泽柳也。柽,河柳也。"至于杨树,其叶圆、树高、枝挺,绝无依依袅袅之态。又因杨树与柳树"同科异属",在语言文字表述上往往习惯并称为"杨柳"或交错使用,而这种情况更多的时候是单指柳树。如成语"百步穿杨",穿的是柳叶;鲁智深倒拔垂杨柳,拔的是柳树;观音菩萨手持的"杨枝净水瓶",插的也是柳枝;古代称女子婀娜身姿为杨柳腰,指的还是柳腰。

杨柳是春天的象征,也是情愁的化身,自《诗经》"杨柳依依"始,杨柳便成了文人墨客常用常新的笔下意象。

如南朝人费昶的"水逐桃花去,春随杨柳归。杨柳何时归?袅袅复依依"。

如唐人白居易的"曾栽杨柳江南岸,一别江南两度春。遥忆青青江岸上,不知攀折是何人"。

如唐人王维的"渭城朝雨浥轻尘,客舍青青柳色新。劝君更尽一杯酒,西出阳关无故人"。

如唐人温庭筠的"杨柳色依依,燕归君不归"。

如北宋秦观的"西城杨柳弄春柔,动离忧,泪难收,犹记多情,曾为系归舟"。

如元人薛昂夫的"一丝杨柳千丝恨,三分春色二分休"。

一抹杨柳,竟抹出了世情万千:插柳思古,戴柳游春;折柳送别,植柳念乡;以柳喻美,借柳怨愁。风月无古今,情怀自深浅。

杨柳依依,

袅娜多姿,

缱绻缠绵,

缕缕丝丝,

恰似人间悲欢离合意!

盎然动感的民俗风情画
——七月流火，九月授衣

年轻的时候总以为"七月流火"这个成语是形容高温炎暑、酷热难耐之意，后来接触到《诗经》，方知原是误读，乃曲解。

七月流火，	七月大火星偏向西，
九月授衣。	九月里妇女授寒衣。
一之日觱发，	十一月北风呼呼响，
二之日栗烈。	十二月寒风冷飕飕。
无衣无褐，	粗麻布衣如没有，
何以卒岁？	寒冬腊月怎么熬？
三之日于耜，	正月里修理农具，
四之日举趾。	二月里田间耕地。
同我妇子，	告诉妻儿别忘记，
馌彼南亩，	把饭送到南田地，
田畯至喜。	管事官家可乐悠。

——《豳风·七月》首章

《七月》是对农事生活全面审视的诗作，也是一篇古人的杰作，为《国风》诗中最长的诗。全诗共分8章，每章11句，七月流火开篇，燕飨祭祀结尾。

北宋的王安石是这样解读此诗的："仰观星日霜露之变，俯察虫鸟草木之化，以知天时，以授民事，女服事乎内，男服事乎外，上以诚爱下，下以忠利上，父父子子，夫夫妇妇，养老而慈幼，食力而助弱，其祭祀也时，其燕飨也节，此《七月》之义也。"

《七月》宛若3000年前周人出作入息的农耕图，又如盎然动感的民俗风情画。农事气息、田园意境、生活情景、自然风情跃然诗中，读之有趣，品之有味。

如时间与生产劳作的表述："八月载绩"，纺纱织布；"九月筑场圃"，修整打谷场；"十月纳禾稼"，喜迎丰收；"一之日于貉"，十一月里打狗獾；"二之日其同"，十二月农闲人欢聚。

如时间与自然物候的表述："五月斯螽动股"，蚱蜢齐鸣；"六月莎鸡振羽"，蝈蝈振动双翅；"七月在野"，蟋蟀在郊野鸣叫；"八月在宇"，在屋檐下鸣叫；"九月在户"，怕冷进了屋；"十月蟋蟀入我床下"，躲在床下取暖不走了。

如时间与生命律动的表述："春日载阳，有鸣仓庚"，阳光明媚，生机勃发；"四月秀葽，五月鸣蜩"，生物旺盛，万物竞长；"九月肃霜，十月涤场"，秋意萧瑟，秋收满满；"二之日凿冰冲冲，三之日纳于凌阴"，腊月里凿冰，正月藏冰于窖，万物重归于寂静。

《七月》所表述的劳绩与诗意，正是源于古人"天人合一"的思想。顺应自然，并将自然的内在规律转化为人类活动的秩序性和时间表，这是古人的智慧，道法自然。

至此，还是回到文章开篇所提到的"七月流火"。

我们现在还在使用的农历（阴历）其实是"夏历"，即夏朝确定并使用的历法。先秦时代，我国有夏历、商历和周历之分，三历的主要区别是岁首不同。西周时期同时使用周历和夏历，故《七月》中出现两种历法并存的现象，也让读者煞费心思。"七月流火"的7月，指的是夏历（农历）的7月，相当于现在公历的8月，而此时正值"立秋"和"处暑"之际，即古代二十四节气中的第十三、十四个节气之间，是暑渐退而秋将至、热将止而寒渐来的时节。故"七月流火"之后是"九月授衣"，表示要准备御寒衣物了。

"流"，为动词，指运行或下落之意。

"火"，指的是大火星。火星为行星，大火星则是恒星。大火星是天蝎座里最亮的星，也是全天最孤独的一等星，古代亦称心宿二。

诗中"流火"，指的是在农历七月黄昏时候，可以看见大火星从西边落下去，这是天气开始转凉的一种天象，预示寒冷的季节即将到来。

当然，也有学者认为"七月流火"可以形容骄阳似火的盛夏 7 月（公历）。窃以为未尝不可，理由是，从成语的发展演变来看，形不变而义变的例子很多，如"出尔反尔"，其原意是你怎样对待别人，别人就怎样对你。如"文质彬彬"，其原指有文采又朴实。而"七月流火"其义变后，会显得更加生动形象，望文即可生义，何不来个将错就错？义变是成语流传过程中所产生的现象，世上也许没有一成不变的东西，当然，我们必须首先要知道"它从哪里来"，至于"要到哪里去"，就看社会的认同是否到了"约定俗成"的地步。

"七月流火，九月授衣"所折射的是古人对天象、物象和气象的变化来确定农事、指导生活的习俗和智慧。如今，这一切与我们现代人已是渐行渐远。

但也有例外。近年在朋友圈、微博，一些有心人会把诸如中国古代二十四节气的传统习俗，按时令发布于众。在几乎每天都能听到"局部地区有阵雨"的天气预报的今天，这是一种清新，一种补课，也是一种生活态度，更是对古人智慧的敬畏和挽留。

幸哉！敬哉！

最古老的一首军歌
——岂曰无衣，与子同袍

《三国演义》第 25 回写道：关羽在曹操答应其三个要求后无奈向曹操投降。为了示好，曹操送了一件崭新战袍给关羽，关羽竟将新战袍穿在里面，外面仍罩上原来旧的绿锦战袍。曹操不解，便问为何。关羽答道："旧袍为大哥刘玄德所赠，穿着它如见大哥。我不能因为丞相送我新战袍，而忘了大哥的旧战袍啊！"关羽所表现的正是世人称道的"袍之情"。而《秦风·无衣》则是这样描述"袍之情"的：

> 岂曰无衣？谁说我没衣穿？
> 与子同袍。可以和你同穿一件战袍。
> 王于兴师，君王要发兵征伐，
> 修我戈矛，赶紧修理好我那戈与矛，
> 与子同仇。与你一起出征杀敌。
>
> ——《秦风·无衣》首章

"袍"指的是长袍。"与子同袍"原意是和你同穿一件战袍，比喻出生入死、共同御敌的战友情。如清人张之洞的《彭刚直公挽诗》："袍泽入魂梦，孤愤结磊魂。"又如赵朴初的《读朱德委员长泸州诗敬作》："旧时袍泽同盟侣，化为蛮触争蜗涎。"后又有"袍泽之谊"一说，比喻兄弟之情、朋友之意。如桃园三结义：意气相投，同甘共苦，出生入死，至死不渝；还如苏轼、苏辙兄弟：情深意笃，兄唱弟和，患难与共，千古流芳。

诗中的"与子同仇"亦是"同仇敌忾"之成语的最早出处。同仇：指共同对敌；敌：指对抗，抵御；忾：指愤慨。同仇敌忾指的是大家一致痛恨并打击敌人。

关于此诗的诗旨，自古就有不同的说法。清代学者方玉润在《诗经原始》中认为，这首诗的写作背景是："夫秦地为周地，则秦人固周人。周之民苦戎久矣，逮秦始以御戎有功，其父老子弟欲修敌忾，同仇怨于戎，以报周天子者。"《无衣》诗旨虽然存异，但可以肯定的是，这是一首描写出征前的诗歌，信誓旦旦、舞戈挥戟；也是一首秦国远征的军歌，众志成城、同仇敌忾；还是一首站在秦国角度的爱国主义赞歌，慷慨激昂、许身报国。

西周时期的秦国还只是一个附庸国，位于今甘肃东部及陕西一带，与西戎、北狄的少数民族杂处，并长期与西戎发生摩擦和战争。当时秦人部落的成年男子平时耕种放牧，战时应召入伍成为战士，而武器装备则由自己准备，故出现诗中"岂曰无衣"的情景。

秦在当时是关中平原西部地区一股重要的势力，民风淳朴，民性彪悍。班固在《汉书·赵充国辛庆忌传赞》说，秦地"民俗修习战备，高上勇力，鞍马骑射。故秦诗曰：'王于兴师，修我甲兵，与子偕行。'其风声气俗自古而然，今之歌谣慷慨风流犹存焉"。朱熹在《诗集传》亦评道："秦人之俗，大抵尚气概，先勇力，忘生轻死，故其见于诗如此。"

《无衣》无疑让我们对当时的秦国有了更多的遐想……

梦回秦国，仿佛置身于3000年前的关中古战场，空中乌云密布，寒风凛冽；地上旌旗猎猎，战马萧萧。忽然撼天震地一阵呐喊，黑衣勇士排山倒海冲向敌阵，攻城拔寨，所向披靡。铜戈铁甲鬼神泣，战马戎装天地惊。

遥想当年，历经几百年励精图治后的秦国，秦始皇不正是率领着这支疾速如风的黑衣铁军，"振长策而御宇内，吞二周而亡诸侯，履至尊而制六合，执敲扑而鞭笞天下，威震四海"，踏平六国，天下归秦。从此，华夏大地上出现了第一个统一的中央集权制帝国——大秦王朝。

每读此诗，总会勾起早年参观西安兵马俑的记忆：置身于恢宏的展览大厅，脚踏着裸露的黄土大地，2000多年前的威武之师正以兵马俑的物理形态，列着方阵，以那排山倒海的气势，高唱军歌向我们走来：

"岂曰无衣？与子同袍。王于兴师，修我戈矛，与子同仇。岂曰无衣？与子同泽。王于兴师，修我矛戟，与子偕作。岂曰无衣？与子同裳。王于兴师，修我甲兵，与子偕行。"

那铿锵有力、震撼人心的歌声，恒久回荡在历史的天空……

为求一字稳 耐得半宵寒
——如切如磋，如琢如磨

《论语·学而》中记载了孔子与子贡的一段对话，子贡说："贫穷而不阿谀奉承，富贵而不狂妄自大，这样可以吧？"孔子说："可以。但不如穷而有骨气，富而懂礼节的人。"子贡又说："《诗经》说'如切如磋，如琢如磨'，就是讲的这个意思吧？"孔子称赞道："子贡啊，你能从我讲过的话中领悟到我还没说出来的内涵，这样，我们就可以谈论《诗经》了。"

子贡引用的诗句出自《卫风·淇奥》首章。

瞻彼淇奥，看那淇水弯曲处，
绿竹猗猗。绿竹茂盛连成林。
有匪君子，这个文雅的君子，
如切如磋，他钻研学问就像切磋骨牙一样用功，
如琢如磨。他修养德行就像琢磨玉石一样用心。
瑟兮僩兮，庄严宽广啊！
赫兮咺兮。显赫威仪啊！

有匪君子，　这个文雅的君子，
终不可谖兮。终生难以忘记他。

后人将诗中的"如切如磋，如琢如磨"简化为"切磋琢磨"之成语。

这是一首赞美西周卫武公的诗。卫武公在位期间，清正廉明，国人安居乐业。他严于律己，90多岁时还希望群臣给他谏言，并作了《抑》一诗为座右铭，诗中如"夙兴夜寐""耳提面命""投桃报李"等名句，都成了今天常用的成语。

在西周，兽骨、牙角和玉、石是主要的日常用具和装饰品。按古义，"切"为治兽骨，"磋"为治象牙（或兽角），"琢"为治玉，"磨"为治石。按今义，"切磋"指的是互相研究、探讨和交流的意思，"琢磨"则侧重个人方面，为独立思考、反复考量之义。

也有人把"切磋琢磨"理解为加工玉器的四个流程，即"切"为开料，"磋"为整形，"琢"为修治，"磨"为抛光。此说不无道理，但实属狭窄，也许是当今玉文化兴盛所致的误读，但也是蛮有趣的释义。

汉人王充在《论衡》中写道："人之学问，知能成就，犹骨象玉石，切磋琢磨也。"这里指的就是一种精益求精、不断提升的治学精神，"为求一字稳，耐得半宵寒"。

说到治学精神，倒想起了"推敲"一词的典故：

唐代"苦吟诗人"贾岛赴京赶考。一天，骑着驴边

走边吟,忽然灵光一现,得了两句诗:"鸟宿池边树,僧推月下门。"自认还行,可又觉得下句的"推"字不够好:既是月下之夜,门应早闩,恐推不开,况且夜深人静之时,"敲"字是否更能传神达意呢?是推是敲?是敲是推?心里琢磨着,手里比划着……路人见之,很是讶异,以为他是个癫疯和尚。

这时,时任吏部侍郎的大诗人韩愈正好带着车队出巡路过,而贾岛还在琢磨他的"推敲",竟没发觉,直到近身,被差役持枪扭至韩愈马前。韩愈问明原委,并未责备,反称赞贾岛作诗治学的态度。对于是"推"是"敲",韩愈略为沉思道:"还是'敲'字好"。贾岛听后连称甚好,于是两人并骑而行,切磋诗文,分享心得,从此成了惺惺相惜的好朋友。

以"敲"取代"推",虽说一字之差,但其铸字炼句之神奇妙入毫巅,跃然纸面是截然不同的意境效果:更深夜静,月淡星稀,倦鸟归巢,树影婆娑。一僧人穿过池塘,来到幽径尽头的友人家,"咚咚咚"地轻敲门扉……这是多么幽美的月夜敲门图!以动衬静,借声达幽,起到了"蝉噪林愈静,鸟鸣山更幽"的神奇效果。

一个"推敲",推开了一段严谨治学的千古佳话;

一个"推敲",敲开了"切磋琢磨"的内涵原义!

美玉的前世今生
—— 他山之石，可以攻玉

宋人王柏是朱熹的三传弟子，曾著《诗疑》一书。书中彻底否认《毛传》《郑笺》的观点，并对《诗经》原文提出诸多质疑和删改，标新立异，世人并不认同。其在《和立斋书怀二首》中写道："应感鹤鸣章，聊以石攻玉"，指的就是《小雅·鹤鸣》篇。

鹤鸣于九皋，	鹤在幽深处鸣叫，
声闻于天。	声音传到天际边。
鱼在于渚，	鱼儿在浅滩浮游，
或潜在渊。	又不时潜入渊潭。
乐彼之园，	很是喜欢这园子，
爰有树檀，	檀树高大枝叶密，
其下维榖。	下面长满矮楮树。
他山之石，	别的山上有佳石，
可以攻玉。	可以用来琢磨玉。

——《小雅·鹤鸣》末章

用现代人的眼光看,《鹤鸣》就是一首即景抒情诗,诗人在广袤的荒野上,听到了鹤鸣之声,看到了鱼儿潜入深渊……忽见一座怪石嶙峋的山峰横在前面,由此想到:这山上的石头,可以用作琢磨玉石的工具。

诗句中的"他山之石",指的是一种含石英成分的砺石,其硬度很强,也是我们先祖在石器时代制造工具的主要材料,有些砺石还可入药治病。

"他山之石,可以攻玉"这句成语,一般解释为"借助外力,改己缺失"。本人以为,这样理解是不够的。

一个"借"字,存在着借与不借的变数,如不借,玉能成器吗?答案是否定的。既然玉与玉相磨不能成器,于是这个"借"就应改为"必须"这种肯定语。也就是,要改己缺失,必须依靠外力。

玉与玉相磨为什么不能成器?水稻为什么要杂交?棉花为什么要转基因?人类为什么不能近亲繁殖?所有这些,都指向一个要害:封闭的内部,难以自我完善,必须借助外力。攻玉如此,农作物如此,企业发展也是如此,国家进步更是如此!

一代易学大师、北宋鸿儒邵雍,他把日常遇到的侵犯欺凌比作砺石,把品行高尚比作美玉,而要成就美玉,就必须经过砺石的琢磨。故他认为,在修身养德方面,同样是"他山之石,可以攻玉"。

玉的话题确实很多。

8200多年前的新石器时代,是迄今所知中国最早制造玉器的年代。玉，自从被史前人类发现，它便开始凝聚观念的内容和时代的基因，如"温润如玉""玉洁冰清""抛砖引玉""金科玉律"等等，人们并以此作为精神的追求和价值的取向。

《礼记·玉藻》："凡带必有佩玉，唯丧否。佩玉有冲牙。君子无故，玉不去身，君子于玉比德焉。""冲牙"是佩玉中的一种，用于组佩的下部，因佩玉者行走时冲牙与两侧玉璜相撞可发出悦耳的声音，古人以此正举止、正步态。《礼记》强调君子必须佩玉在身，不遇凶丧之事不能解摘玉佩。为什么？因为佩玉表现了人的精神世界和自我修养的程度，也就是"德"，故《诗经》亦有"言念君子，温其如玉"之表述。古人爱玉，重其人文内涵。东汉许慎在《说文解字》说，玉兼五德："润泽以温，仁之方也。勰理自外可以知中，义之方也。其声舒扬，专业远闻，智之方也。不挠而折，勇之方也。锐廉而不忮，洁之方也。"这就是君子的五德：仁，义，智，勇，洁。玉为物质，而将这种物质形态比喻成精神道德，这就是我们古人的审美意识：比德观。

"石之美者为玉"，因此，玉又成为饰品、摆件、观赏物，数千年不变。走在街上，你稍微留意周边，会发现越来越多的人都在佩戴用玉做成的手镯、手串或挂件，这给那躁动的人流平添了光闪粼波……

这是装饰，给予美的点缀？

这是追求，烙印玉的品德？

这是货币，喻显财富的拥有？
这是投资，预示未来的升值？
这是养生，人养玉三年、玉养人百岁？
这是情感，爱的永恒、天长地久？
这是品位，与众不同、释放自我？
这是祈愿，心安理得、万事如意？
这是信仰，善哉、善哉！南无阿弥陀佛？
这是人类情感的回归，还是新的开始？如是新的开始，又会是怎样的心态？而这种心态又说明了什么呢？
我也身佩饰物，亦感困惑，也许你们知道。

一只公鸡的进化史
——风雨如晦,鸡鸣不已

《诗经》中以鸡起兴的诗歌约有10首,基本上公认写得最优美的是《郑风·风雨》:

风雨凄凄, 风雨交加冷凄凄,
鸡鸣喈喈。 窗外公鸡鸣喈喈。
既见君子, 既然见到君子你,
云胡不夷? 怎么不叫人神怡?

风雨潇潇, 风萧萧啊雨潇潇,
鸡鸣胶胶。 窗外公鸡叫胶胶。
既见君子, 既然见到君子你,
云胡不瘳? 心病哪能不痊愈?

风雨如晦, 天昏地暗风雨急,
鸡鸣不已。 窗外公鸡不停啼。
既见君子, 既然见到君子你,
云胡不喜? 怎么不叫人欢喜?

"最难风雨故人来",何况还是自己的丈夫?这是一首风雨怀人,优美感人的名作。全诗没写未见君子前,彻夜难眠的相思之苦;也不述喜见君子后,欢愉缠绵的融融之乐。而是诗风纯朴,复沓叠咏,哀景道乐,景增其情,不失为香象渡河之作。也难怪方玉润评说:"此诗人善于言情,又善于即景以抒怀,故为千秋绝调。"

"雄鸡一声天下白。"鸡鸣代表新的一天开始,既是更新,又是希望。然而,不同境界、不同心情,"鸡鸣"鸣出的又是那样不同的意境。

如唐人李白的《代别情人》:"昔作一水鱼,今成两枝鸟。哀哀长鸡鸣,夜夜达五晓。"辗转难眠长相思,鸡鸣也成了哀号,苦煞人也!

如晚清黄遵宪的《山歌》:"催人出门鸡乱啼,送人离别水东西。挽水西流想无法,从今不养五更鸡。"憎鸡叫鸣,恨别及鸡,从此不再饲养司晨鸡了。

如唐人李廓《鸡鸣曲》:"长恨鸡鸣别时苦,不遣鸡栖近窗户。"鸡鸣三遍天将明,而天明就要与亲人生离死别,此景此时谁堪忍受?自此以后,连鸡笼也要放得远远的,以免触景伤情。

当然,也有善解人意的鸡,如唐代色艺双绝名妓史凤的《神鸡枕》:"与郎酣梦浑忘晓,鸡亦留连不肯啼。"宁可违背天职,也要遂人之意,神鸡也!

古人常以鸡入诗,鸡鸣意象,生动传神。有学者统计,仅一部《全唐诗》,标题中带"鸡"字的就有48首,而内容中含有"鸡"字的则多达992首,占《全唐诗》诗篇总量的2.3%。

《郑风·风雨》留给后世的"风雨如晦,鸡鸣不已",本来是一句司空见惯、很生活化的景语,但其内涵意象却经历了一个颠覆性的演变。

东汉名人郑玄在注释此诗时有自己的见解:"鸡犹守时而鸣,喻君子虽居乱世,不改变其节度……鸡不为如晦而止不鸣。"这样一来,"风雨如晦"就成了乱世黑暗、前途艰辛之意;"鸡鸣不已"则比喻君子不改气度,高风亮节。乍看郑玄的注释,似是牵强附会,细品之下,又觉合情合理。这是审美的再创造,这是意象的涅槃重生,立论独到,妙不可言。

此后,"风雨如晦,鸡鸣不已"之成语,就以励志自强、催人奋进的全新意象,鸣啼在青史翰墨之中。

如郭沫若在成诗于"五四"运动已经消退、大革命时代尚未到来之际的《星空·归来》中写道:"游子归来了,在这风雨如晦之晨,游子归来了。"

又如一代大画家徐悲鸿在1937年春天,即抗日战争爆发前夕,泼墨挥就了一幅著名的中国画《风雨鸡鸣》:一只雄健的公鸡在暴风雨中站立巨石之上,引吭高歌。此画取材于《郑风·风雨》,象征着画家期盼志士仁人在民族危难之际能挺身而出,亦是画家本人的呐喊。正是:

风雨急潇潇,鸡鸣夜将晨。

征途不畏险,君子当自强。

最是黄昏惹人愁
——式微,式微,胡不归

有一出很出名的传统粤剧,叫《胡不归》。该剧经历了70多年,至今仍不时为内地和香港的粤剧团体搬演,其剧名取自《诗经》。

式微,式微,	黄昏了,天黑了,
胡不归?	为什么还没回家?
微君之故,	如果不是为君故,
胡为乎中露!	何以还在露水中!
式微,式微,	黄昏了,天黑了,
胡不归?	为什么还没回家?
微君之躬,	如果不是为君故,
胡为乎泥中?	何以还在泥水中!

——《邶风·式微》

"式微"有衰落之意,如"日渐式微""道德式微""式微行业"等。诗中的"式微"指的是太阳落山,天色已黑。

此诗看似简单,只有短短的两章,且都以"式微"起调,但究其诗旨,历来说法不一:

"臣谏于上说"。说黎侯为北方少数民族所逐,失国而流亡于卫,其臣子作此诗劝其归国。

"赋诗明志说"。说卫侯之女嫁黎国庄公,却不为其所接纳。有人劝她归卫,她则"终执贞一,不违妇道,以俟君命",并作此诗以明志。

"劳役之怨说"。认为反映的是服役之人夜以继日地在野外干活,有家不能回,苦不堪言,是"苦于劳役的人所发的怨声"。

"男女约会说"。女的说:"天都黑了,你怎么还不来?为了你,露水都打湿了我的衣襟。"男的说:"天都黑了,我怎么就不来?为了你,泥水都沾满了我的双脚。"

《诗经》年代的情景早已消逝,我们再也无法还原事实,但优美的文字却具有永恒的生命,穿越时空执守在我们的身边。感谢这首小诗,给我们留下了"式微"的无尽意象和"胡不归"之翩翩联想。

三国时魏国杰出诗人曹植,是曹操第三子,其才学过人,禀赋甚高,但在政治仕途上却一生不得如愿,最后忧郁而死。他在《情诗·微阴翳阳景》一诗中写道:"游者叹黍离,处者歌式微。"诗中"处者"指役夫家中的亲人,"式微"指的是《邶风·式微》篇,取"胡不归"之意。

在此诗中，曹植摒弃政治和情爱，留下的是心忧的煎熬和回归的期盼。登高念亲，式微盼归，古今之情，莫过于此。

然而，在唐代诗佛王维的墨染下，"式微"的意象却叫人眼前一亮：

> 斜光照墟落，穷巷牛羊归。
> 野老念牧童，倚杖候荆扉。
> 雉雊麦苗秀，蚕眠桑叶稀。
> 田夫荷锄立，相见语依依。
> 即此羡闲逸，怅然吟式微。
>
> ——王维《渭川田家》

"式微"在王维诗中成了田家闲逸风情画。诗人面对夕阳西下而农家晚归的景致，想起了《诗经》中"式微"的意象，眼前那"式微"的惬意，归家的温情，令诗人无限羡慕并感慨不已，罢罢罢，不如弃官归田园。

黄昏了，天黑了，在"式微"这个时间段，往往最容易触碰到心灵城池那柔软的一角，勾起无尽的亲情乡愁……

在那被屋檐相接、错落有致的房子挤得略显逼仄的巷道，屋顶争相冒出炊烟，袅袅娜娜。落日余晖脉脉地洒落在长短不齐的青石板上，"笃笃、笃笃……"的木屐声有急促，有悠慢。那略显沧桑的门口，不时有女人伸出头来喊道:"……回家吃饭了!"或锐叫,或软语。语音刚落,还有人会帮上一句:"……你妈喊你回家吃饭了!"或学舌,或唱腔。这是亲情的呼唤,美味的呼唤,岁月的呼唤。记忆中的此情此景,无不令人鼻子一酸,潸然泪下。

当然,如果你愿意发挥自己的想象,"式微"意象还可能是你的人生年轮。

结婚了,妻子总是惦挂着你:这么晚了,怎么还没回来?有孩子了,孩子也会问:这么晚了,怎么你们还没回来?小孩大了,父母又要担心:这么晚了,怎么这小子还没回来?

人生似乎就是这样,一辈子围着"胡不归"在打转。临老了,老天爷还不忘赶上来唠叨一句:

"式微,式微,胡不归?"

大音希声 母德无言
—— 是用作歌,将母来谂

孝字最早可追溯至商代的卜辞,上为老,下为子,善事父母者为孝。

春秋战国时期的孝,已从西周初对先人的"追孝"和对生人的"孝养",发展为孔子主张的更强调精神层面的"孝敬";从善父母、善兄弟的"孝友",发展为更强调人性本爱而作为礼的"孝悌";从"孝死"发展为更强调"孝生"。

西周时期是中国传统孝道观念确立的过渡期,而《诗经》则是记录这一时期孝道观念的重要典籍。《诗经》中的孝,大多与祭祀有关,所表现的是对祖先、天、上帝的"追孝",并伴有明显的政治观念。与之并存,也不乏反映对生人"孝养"的诗歌,《小雅·四牡》便是一例。

> 翩翩者鵻,翩翩飞翔是鹁鸪,
> 载飞载止。忽上忽下好欢愉。

集于苞杞。 累了歇息枸杞树。
王事靡盬, 官家差事没个完,
不遑将母。 哪有时间陪老母。

驾彼四骆, 驾着四络的马车,
载骤骎骎。 扬鞭赶马跑得急。
岂不怀归? 哪能不想把家回?
是用作歌, 这是我的思乡歌,
将母来谂。 儿将母亲来思念。

——《小雅·四牡》四、五章

西周的官制和官职比较特别和复杂,姑且将诗中为官家办差的主角称为小吏。至于此诗诗旨,有人认为是一首反映忠孝不能两全、舍孝取忠、一心为公的"高大上"作品。而我更偏向此诗是一首反映小吏当差在外,深情思念父母、怀念故里的哀怨诗,也是古代行役诗的源头。

《四牡》共5章。诗中小吏为了办差,长年累月在外奔波,"王事靡盬",公务缠身。每当想起家中的父母,心中甚是内疚、自责,"岂不怀归"?只是实在没法。思之切,孝未尽,小吏心中充满埋怨、伤感和无奈,唯有作诗诵唱,以表对父母的思念,舒缓心中的愤懑和内疚。

"是用作歌,将母来谂",这是天伦的思念,也是欲尽孝而不能的忏悔,更是"欲报之德,昊天罔极"的感恩之情。

读古及今,我亦念母。

父亲2006年去世,母亲健在。母亲,这是一个神圣的称谓,母爱如佛,是慈悲,是觉悟,她所给予孩儿的又何止哺乳之辛,养育之劳……

我的童年是在父亲单位的托儿所度过的,有时候,母亲也会把我带去她工作的郊区农场。母亲干活时,我便与农场里的小孩一起玩耍,倒也快活。午饭由农场食堂提供,大人、小孩都围在大树下就餐,甚是热闹新奇。

记得一日中午,在满足食欲之时,我无意间望了望身旁的母亲,瞬间目光凝滞,欲语即止:母亲手捧饭碗,嘴里慢慢咀嚼着;几缕发丝紧贴前额,浅浅的汗水缓缓在流动;淡淡的眼神低视前方,若有思,若无虑……此刻,一种莫名的震撼油然而生,母亲太美了!在后来的反复回忆中,我终于明白这美的内涵:美在对沧桑的承受,美在对艰辛的淡然,美在对生活的憧憬。母亲的美在我的脑海里已定格成永恒,每每想起,总会浮现出女神的雕像。

小时候全家住在铺满青石板的小巷里,房子为公家房,那是一座呈长条形、略显幽深的老屋。笔直的通道旁挤着四户人家,通道尽头是一个公用的大厨房。从厨房的旁门出去是一个不小的后院,院里有一口老井、一块空地和一片果园,这也是四户人家享受阳光和月光的活动场所。

一日正午，老屋只剩下母亲、我和弟弟。此时，天空突降阵雨，母亲拉起我就冲进后院，轻轻推我一把说："快把衣服收起来。"当我正手忙脚乱地收取自家晾晒的衣服时，母亲已利索地把三家邻居晾晒的衣物收回房间了。我抱着已被淋湿的衣服回来时，望着正在折叠衣服的母亲，一脸茫然和委屈。母亲回过头看了看我，指着旁边架上的脸盆，"把衣服放在那里，快去擦干身子"，说完后轻轻拍了拍我。

长大后，我才完全读懂当时母亲所做的一切。

大音希声，母德无言；铭肌镂骨，念兹在兹。

欲报之德，昊天罔极；是用作歌，将母来谂。

举杯世情酒 一饮醉古今
——厌厌夜饮，不醉无归

"厌厌夜饮，不醉无归。"哈哈！这是令人亢奋的句子，喝酒之人这下可以引经据典，举杯痛饮，一醉方休了，况且还是一种文化传承！

其实，《诗经》并不全是奥僻的诗句，还有不少这样的世俗俚语。

《小雅·湛露》是一首宴饮诗，首章写道："湛湛露斯，匪阳不晞。厌厌夜饮，不醉无归。"浓浓的夜露啊，不见太阳不会蒸发。和悦安闲的夜晚饮酒呀，不到大醉不回家！

年轻的时候总以为古人甚能喝酒，并感叹今人之退化，因为小说和影视作品都是这么讲的。后来才知道是上当受骗了。

上古时代的酒其实是发酵酒，其酒精度数不超过20，一般为10度左右。直至宋代，发酵酒仍是宫廷用酒，其中品质上乘的为御酒，但在民间，已经出现蒸馏酒。元朝时，北方游牧民族把蒸馏酒技术带入中原，高度数白酒才得以普及。至明朝，因汉民族的习惯，社会饮食又回到了香醇浓郁的发酵酒时代。但到清朝，入口辛辣的高度白酒再次盛行。

周代初年，政府实行严格的禁酒令，并制定《酒诰》，规定从宫廷到民间皆不得"群饮"或"崇饮"（聚众酗酒），违者处死。《尚书·酒诰》就记载了周公（旦）对部下的一道命令："如果你们发现有人聚在一起饮酒，你们要检举他们，并把他们拘送到我这里，我要杀了他们……有了这样明确的法令，如果你们不执行，就是藐视我的威严，就是破坏治国方略，这样的人同样要杀。"

周代初年为什么会有这样严苛的禁酒令，主要是两方面的原因：其一，周人认为，商代的灭亡是因为"惟荒腆于酒"，酗酒荒政，酗酒误国。建国之初，百废待举，所以要以史为鉴，励精图治。其二，节约粮食。当时的生产力低下，人们的主食只是粥，加上连年战争，农耕荒废，如何保证国人必需的口粮已是基本国策中的重中之重，无农不稳，无粮则乱。后来随着社会秩序稳定和粮食产量提高，禁酒令才得以逐步放开，也就有了《诗经》中所描述的畅饮、群饮和长夜饮的痛快场面。当然，能享受这种快乐的，主要是贵族王侯阶层。

先秦时代，酒是一种用粮食酿造出来的奢侈品，对酒的饮用，不但是一种享受，而且是身份的象征和文明的体现，故古代饮酒很讲究礼节仪态，主要为："拜"，作揖敬意；"祭"，把酒倒出些许在地上；"啐"，品赏酒味;"卒爵",仰杯而尽。主人敬客人叫酬,客人回敬叫酢,客人互敬叫旅酬,依次敬叫行酒。一般敬酒以3杯为度,敬与被敬者皆要起身示敬等等。

在被周人称为"殷鉴不远"的商代,帝王贵族酗酒成风,有名的暴君商纣王就曾下令用酒倒满池子,将肉割成块状挂在林子里,并使裸体男女相互追逐嬉戏,边喝、边玩、边闹腾。成语"酒池肉林"就是从纣王这种糜烂荒淫的生活中引申而来。

而古代文人与酒又是别样情感因缘,难舍难分。酒给他们灵感、想象,更给他们柔情和无畏。借酒吟诗,酒名不让诗名;酒入诗中,诗里弥漫酒气。

如杨万里的"一杯未尽诗已成,涌诗向天天亦惊"。

如杜甫:"醉里从为客,诗成觉有神。"

如"在世无所须,惟酒与长年"的陶渊明,就是无客自饮的好酒之人,并作有饮酒诗数篇。就算是田园诗"采菊东篱下,悠然见南山",细品之下,亦能尝到淡淡的菊花酒香。

再如狂称"百年三万六千日,一日须倾三百杯"的李白,几乎到了无酒不成诗的地步,其一句豪情万丈的"五花马,千金裘,呼儿将出换美酒,与尔同销万古愁",简直就是一坛烈酒,闻闻都醉!

这正是:樽酒寄情,把盏论文;文字下酒,醉也风流。

几千年来,人类就从未离开一个"酒"字,家人团圆、朋友相聚、新婚燕尔、习俗佳节、迎来送往、庆功贺喜、

悲伤离愁……皆无酒不欢,没酒不爽,以酒助兴,借酒消愁。人们是既熟悉它,又读不懂它:

喝少了不够,再喝又醉;

喝好了酬志,酗酒颓废;

它可壮体,亦可伤身;

它可催情,亦可乱性;

它能让你才华盖世,还能令你才疏学浅;

它能使你流芳千古,还可让你遗臭万年;

它是功德无量的精灵,也是恶稔罪盈的魔鬼。

嗟乎!古今之酒,酿的可是世俗文化、文人情怀、人间世故、官场百态矣。

背井离乡 乡愁无解
——维桑与梓，必恭敬止

我们经常可以看到或听到这样的语句："功在桑梓""桑梓之情""桑梓之地，父母之邦"等，那"桑梓"的文学意象是如何形成的？

> 维桑与梓，看到桑树和梓树，
> 必恭敬止。一定要恭恭敬敬。
> 靡瞻匪父，无时不瞻仰父亲，
> 靡依匪母。无时不依恋母亲。
> 不属于毛，我离开了父亲，
> 不罹于里。我离开了母亲。
> 天之生我，老天生下了我，
> 我辰安在？我的时运在哪？
>
> ——《小雅·小弁》三章

《小弁》是一首充满忧愤情绪的哀怨诗。诗中主要描述父亲误信谗言，将他放逐异地。而异乡的处境及景致，勾起他对故乡的思念，在幽怨哀伤、怨天尤人的同时，诗人矛盾地眷恋着父母的恩荫。"必恭必敬"或是"毕恭毕敬"成语源出此诗。

"维桑与梓",指的是与古代人们生活极为密切的桑树与梓树。古人以农耕为主,丝蚕为辅。桑树的叶子可以用来养蚕以取丝纺织;而梓树的材质轻软耐朽,适合削木成器,也是棺椁的主要用料。故古代有"桑以养生,梓以送终"之俗语。

因此,古人常在居家前后种植桑树和梓树。又因前人栽树、父母之劳,故游子在外,看到或想起了桑梓就想起了家,想起了父母。久而久之,桑梓就成了家乡故里的意象,亦包含着对父母的感恩之情。

有意思的是,桑梓虽然代表家乡故里,但离开家乡的表述却与桑梓无关,一般都讲"背井离乡"。背井,就是与井相背而行。问题来了,为什么"背井"就代表离开家乡呢?

背井的"井",有学者认为指的是始于商朝而盛于西周的土地国有制度"井田制",而鄙人则倾向于水井的"井"。

水井对于人类文明发展曾有过重大的意义。水井出现以前,人类逐水而居,其生存范围只能局限于有地表水或泉水的地方。而水井的发明,使人类活动范围扩大,围绕着有水井的地方就形成了村落、集市、城邑。凿井而居,耕田而食,井在这里代表着聚居和繁衍,离开了原来那口井就等于离开了原居住地。据史学家推断,早在远古时代就有水井。迄今中国发现最早的水井是浙江余姚河姆渡古文化遗址的水井,距今约5700年,它是一口结构精巧的方形木井。由此推论,原始形态的水井,其出现时间肯定还要早很多。

背井离乡,对个体来讲是游子,但对群体而言,则是人口迁徙。

经常在文学或影视作品出现的"下南洋""闯关东""走西口",就是人口的集体迁徙现象。然而,这只不过是中国人口迁徙历史的一个片段或缩影。在我国历史上,伴随着朝代的更替、重大战争爆发以及战乱持续,都会发生大规模的人口迁徙,其中影响较大的有:

西晋的"永嘉丧乱",向南迁徙人口达90万。唐代的"安史之乱",向南迁徙人口达100万。还有北宋的"靖康之乱"、元朝的"蒙古兵南侵"等,当然,还有"问我祖先来何处,山西洪洞大槐树"的明初大移民。历史上的人口迁徙所造成的直接后果就是长江流域逐步取代黄河流域而成为全国人口分布的中心。

如今,人口迁徙还在延续,不是某个阶段,而是每年;不是百万,而是上亿。所不同的是,现在的背井离乡,少了点悲情凄惨,多了些憧憬逐梦。而伴随着当代的背井离乡,是史无前例的桑梓情、故乡愁。

故乡,对于很多人来讲,也许是偶尔回去的地方,也可能是永远回不去的故土,但肯定是魂牵梦绕的桑梓。她是里弄的老水井,是巷道的青石板,是房前的老树,是屋后的园子，是爷爷奶奶的疼爱，是父亲母亲的唠叨，是家中的老黄狗，是怀里的小花猫……

舀一瓢老井水，有天地灵气的甘甜；走一趟青石板，有人情世故的温暖。小巷里炊烟袅袅，冉升着一幕幕孩提往事；屋檐下风铃悠扬，飘荡着一曲曲少年情怀。可如今，物非人非尽沧桑，故乡已不再是记忆中的故乡，而你也不再是桑梓树下的你。

维桑与梓，必恭敬止；背井离乡，乡愁无解。

乡愁是一首悲怆的心曲
——怀哉怀哉，曷月予还归哉

《诗经》中有许多富于内涵、令人难忘的句子，"怀哉怀哉，曷月予还归哉"就是其中一例。

扬之水，	激扬的流水啊，
不流束薪。	冲不走成捆的柴薪。
彼其之子，	我远方的妻子啊，
不与我戍申。	不能与我同来戍守申国。
怀哉怀哉，	想念啊想念！
曷月予还归哉？	何年何月才能回归故里？

——《王风·扬之水》首章

《诗经》共有 3 首《扬之水》，而《王风·扬之水》则是一首以男子口吻讲述戍边战士思念家中妻子及故乡的诗歌。

该诗共分 3 章，每章分别以"扬之水，不流束薪（楚、蒲）"起兴，反复吟诵，以强调远戍战士思家之情怀。水意象在这里是时光的流逝,正如当年孔子站在河岸上,看到浩浩荡荡、汹涌向前的河水而发出的感叹:"逝者如斯夫,不舍昼夜。"亦如李白《将进酒》:"奔流到海不复回。"然而不管时光如何流逝,岁月怎样难熬,对妻子的想念,对故乡的情怀就如那激扬流水冲不走的"束薪",不飘不移,夫妻之情念如许,故乡之思情如故。"怀哉怀哉,曷月予还归哉?"满是朝思暮想,只余归心似箭。然归期无期,愁绪如麻,唯有心焦愁怨。

"醉卧沙场君莫笑,古来征战几人回。"古代戍边是艰苦而无奈、有去难回还的差役,而思乡怀亲则是边塞军旅生活的重要感情依托。如李益的《夜上受降城闻笛》:"不知何处吹芦管,一夜征人尽望乡。"如王昌龄的《从军行》:"琵琶起舞换新声,总是关山旧别情。"如李白的《关山月》:"戍客望边色,思归多苦颜。"

当我们了解了"碛里征人三十万,一时回首月中看"的边塞思乡怀亲之情结,以及《扬之水》的内涵和艺术表现,很容易会被"怀哉怀哉,曷月予还归哉"这极具张力的句子所打动,因为它诉说的是人类共通和永恒的情感念想,是对人或事的无尽牵挂和深情依恋。

由此,我们都可能想到了生于斯、长于斯的故乡,这是潜藏于每个人心底的情感,是对那山、那水、那人、那狗无限的思恋。一旦这种情感无法如愿以偿而只能魂牵梦绕时,乡情也成了愁绪,这是现实的无奈,是情感的转化,是人生的无解。

乡愁即情愁,它坚硬又柔软、厚重又飘渺、美好又酸涩、清晰又模糊,因眷恋而无奈,因顾盼而伤逝。古往今来,长念于斯,乡愁如诉,乡愁如泣,如:

元稹:"课书同吏职,旅宦各乡愁。"

白居易:"诗思闲仍在,乡愁醉暂无。"

岑参:"塞花飘客泪,边柳挂乡愁。"

钱起:"怅望遥天外,乡愁满目生。"

文天祥:"百年中道短,千里故乡愁。"

还有余光中那首不知感动了多少人的《乡愁》,母亲、新娘、大陆,邮票、船票、坟墓,都天各一方,地处两头;人隔阴阳,水断南北。亦如席慕蓉的《乡愁》:"故乡的面貌却是一种模糊的惆怅,仿佛雾里的挥手别离。"

　　乡愁源于记忆,而记忆则是对过去的投影,每投影一次,原始胶片难免被磨损,久而久之也就模糊了,浅淡了,甚至于片中那山、那水、那人、那狗也看不清了,不管你如何修复,终究慢慢褪色……

　　记忆的形成或许只需瞬间,而回忆却是一辈子的事。记忆中的一切总会离你渐行渐远,或者你离她渐行渐远,而乡愁则是对渐行渐远的苦涩和追忆,它是乡情的灵魂,它是乡情的极致,也是一首陪伴终老的悲怆心曲。

　　"怀哉怀哉,曷月予还归哉?"念兮念兮,且行且远愁兮!

世间只有孝敬父母不能等
——欲报之德，昊天罔极

旧时父母去世时，作为儿女的常以白布写上"昊天罔极"的横幅挂在灵堂上。这句追思感恩的语句，我们讲了 2000 多年。

蓼蓼者莪，又高又大的可是抱娘蒿？
匪莪伊蒿。不是，那是一般的蒿。
哀哀父母，可怜我的父母啊，
生我劬劳。生我养我太辛苦！

父兮生我，父亲啊生我，
母兮鞠我。母亲啊养我。
拊我畜我，你们护着我、疼爱我，
长我育我，拉大我、培育我，
顾我复我，照顾我、庇护我，
出入腹我。进出都搂抱着我。
欲报之德，我要报答你们的大恩大德，

昊天罔极。但你们的恩德像上天一样广大,让我难以报答。

——《小雅·蓼莪》一、四章

《蓼莪》是一篇孝子哀悼父母的诗歌。全诗共分6章,讲述了父母生我养我的辛苦劳累,以及失去父母的痛苦和未能报答父母恩德之遗憾。诗人以诗寄情,尽诉"树欲静而风不止,子欲养而亲不待"的孝子情愁,沉痛悲怆,凄恻动人,至情至真。诗中所流露的责己之心,遗憾之情,正如唐人孟郊的《游子吟》所讲:"谁言寸草心,报得三春晖。"像小草那么点的孝心,又怎能报答得了三春太阳的温暖恩惠呢?父恩天高!母惠地厚!《蓼莪》留给后人的是无比的启迪和人生的思考。

《蓼莪》是一篇流传千古的孝子哀悼父母的经典之作,清人方玉润认为此诗"几于一字一泪,可抵一部《孝经》读",是"千古孝思绝作"。据《晋书·孝友传》载,西晋初年,大臣王仪因无意中得罪了司马昭,因此被杀。其儿子王裒认为父亲死于非命,是为冤案并耿耿于怀,从此隐居以教书为业。其授课期间,"及读《诗》至'哀哀父母,生我劬劳',未尝不三复流涕"。学生见此,特地将《蓼莪》一篇拿掉,以免老师触景悲情,以泪洗面。

"孝"字最早见于殷商甲骨文,上部是老字,下部为子字。《尔雅》对孝字的释义是"善事父母为孝",就是善待、赡养父母之意。又据《论语》载，子游向孔子问孝的含义，孔子说："今之孝者，是谓能养，至于犬马，皆能有养。不敬，何以别乎？"孔子在这里强调了"敬"的重要，因此"孝"字总要和"敬"字连在一起。对父母的孝，不单是物质的赡养，更要从内心和精神层面去关心、去尊敬父母，这就是"孝敬"，也是完整意义上的孝道。

"百善孝为先。"孝道是儒家伦理思想的核心内容。孔子认为："夫孝，德之本也，教之所由生也。"孝道，它是一切道德的根本，是一切教育的源泉。汉朝时，汉武帝采纳大儒董仲舒建议的"举孝廉"政策，大力倡导民间重视孝道和廉吏的风气，不孝不廉者不得为官任职，孝道已成为汉代察举制（类似推荐制）中最重要的科目，孝子贤孙也是汉代政府官员重要的来源渠道，"名公巨卿多出之"，对后世的政治制度影响甚大。"孝廉"这一称谓，至明清时演变为对举人的雅称。

要说孝道的集大成者，元代的郭居敬亦算一个。此公精选了24个古代孝子的故事编辑成书，后来的印本又配上图画，俗称《二十四孝图》，成为宣扬孝道的通俗读物。不过此书自问世起就颇受争议，书中某些孝子故事难得世人认同。如"郭巨埋儿"，讲的是一个为让自己母亲有饭吃而把儿子活埋的故事，这无疑是一种被阉割的孝道，失去了孝道与人性之间的伦理平衡。

《孝经》曰："夫孝，天之经也，地之义也，民之行也。"儒家认为，人类一切善行都是从孝开始，孝是人世间一种最高尚最美好的情感，是人一生中最深刻的亲情。时至今日，尽管传统的孝道有其糟粕，但孝敬父母之训诫却千古不变，在孝子式微、逆子增加的"逆生长伦理生态"的当下，愈发突显其重要性。

佛说："母年一百岁，常忧八十儿，欲知恩爱断，命尽始分离。"这就是"昊天罔极"。然而，"欲报之德"又是一种遗憾的过程，孝敬往往是在不能尽孝时才充分体现出那种人世间最珍贵的价值，一旦错过，将无法重现而成千古恨。正如比尔·盖茨所言："世界上什么都可以等，唯有孝敬父母不能等待。"

台湾著名作家龙应台曾写道："所谓父女母子一场，只不过意味着，你和他的缘分就是今生今世不断地在目送他的背影渐行渐远。你站立在小路的这一端，看着他逐渐消失在小路转弯的地方，而且，他用背影默默告诉你：不必追。"

是啊！当真的追不上时，追已成了往事的哀思和永久的记忆。

是啊！当真的到了"刻木事亲""事死者如事生"的时候，那也不过是终生遗憾的心灵忏悔罢了。

哀哀父母，生我劬劳！欲报之德，昊天罔极！

酒饮千杯知己少
——知我者,谓我心忧;不知我者,谓我何求

唐代诗人陈子昂是一个具有政治才能和政治抱负的文人,他直言敢谏,武周后期也因此受"逆党案"株连,一度下狱。万岁通天元年(696年),陈子昂参与征讨契丹战事,屡次建言献策而不受采纳,反被降为军曹。人生中的连番受挫,空有一腔热血而无法报国的陈子昂心灰意冷,径上蓟北楼,慷慨悲吟,写下了《登幽州台歌》这千古名篇:

前不见古人,后不见来者。
念天地之悠悠,独怆然而涕下。

诗人吊古伤今而感叹,怀才不遇而悲愤。前古贤人看不见我,我亦看不到后来英贤,孤独落寞,悲从中来,为什么当今世上没有人赏识我,重用我?自此上溯2000多年的东周早期,在那个诸侯国与周王室貌合神离的春秋时代,一位老者踽踽独行在镐京遗址,苦苦寻觅的也

正是"知己者",而历史上这一幕被《诗经》永远定格在《王风·黍离》中,并吟唱至今。

> 彼黍离离,
> 彼稷之苗。
> 行迈靡靡,
> 中心摇摇。
> 知我者谓我心忧,
> 不知我者谓我何求。
> 悠悠苍天,
> 此何人哉?

——《王风·黍离》首章

公元前771年,犬戎攻破镐京,杀幽王于骊山脚下,西周灭亡。太子宜臼继承王位,迁都洛邑,是谓东周。东周之初,诗人路过西周旧都镐京(今西安),当年的繁华不见了,就连战火的痕迹也难以寻觅,映入眼帘的尽是一片盛长的黍子和那稷苗凄凄。时景时物,勾起了他的无限愁思:"我的步履蹒跚,我的心神不宁。理解我的人,知道我忧思悲伤;不理解我的人,说我有什么企图。悠远的苍天神灵啊,造成这悲哀的到底是谁?"

这是一首怀古伤时的千古绝唱。诗人为西周从文武鼎盛走向灭亡而扼腕,对东周王室的衰弱而叹息。面对充满生命力的大自然,又感慨人类无法掌握自己的命运。

在物非人非的现实面前，诗人举目仰叹，俯首忖度：所有国运忧思和情感寄托，能有多少人理解，"知我者"到底在哪里？

《诗经》成书约300年后，历史惊人地重复上演，《离骚》也在问，诗人也在寻找"知我者"。

《离骚》通篇充满着知与不知，理解与误解的纠结和愤慨，而这纠结又是与国运捆绑在一起，而这愤慨之情又是与社稷存亡不可分割。伟大的屈原因没人能理解其苦衷而忧郁失意，百般无奈，唯有跪求苍天：如果我说话不忠诚，愿指青天作证。屈原尽力了，"吾将上下而求索"，上天下地去寻找真理的认知和知音的认同。奈何，没人能采纳我的建言，没人能支持我的所为，没人能理解我的忠心，没人能知道我的高洁，"国无人莫我知兮"！

求苍天，苍天不语；问世间，世间不闻。忧国忧民的屈原，最后也只能在"举世皆浊我独清，众人皆醉我独醒"的愤世呐喊中，借死表忠，投江以自清。汨罗江水为此汹涌不平，端午节俗自此凭吊追思。

《黍离》的诗人与《离骚》的屈原都是孤独的思想者，悲怆的求知者。为了知己，《黍离》敢质问悠悠苍天；为了知己，《离骚》发誓要上天下地去求索。

悠悠上下5000年，一个"知"字贯穿了整个人类文明史，其是何等了得，它承载了多少忧思，又道出了何等情义：

管鲍之交，肝胆相照，相见恨晚。

伯牙子期，高山流水，知音难觅。

崔珏的"七条弦上五音寒，此艺知音自古难"。

岳飞的"欲将心事付瑶琴，知音少，弦断有谁听"？

还有豫让的"士为知己者死，女为悦己者容"。

"知"是什么？是可以为其忧，为其愁，为其求，为其死的情感终极。"恩德相结，腹心相照，声气相求。"

"知"是什么？它是悲，也可以是喜；它是落寞，也可以是欣慰；它是失败，也可以是成功。它就是《易经》的本源，一阴一阳为之道。

人世间，多少事，唯有知，最珍重。奈何，酒饮千杯知己少！

兴衰显晦，古之《黍离》《离骚》，求知者皆为国，是一种难以被时人所理解的，对家园和生命的忧思和希冀。而当下的国运世情，又何尝不相似？

知我者，谓我中华和平崛起，与之合作双赢，共谋现世安稳；不知我者，谓吾国居心何求，极尽挑衅围堵，唯恐天下不乱。

"路漫漫其修远兮，吾将上下而求索。"

行到水穷处 坐看云起时
——人亦有言，进退维谷

记得在报刊上看过这样一则新闻：苏州市宝邻小区一男子的妻子和母亲发生争吵，妻子一气之下跳河自尽，母亲紧跟也投了下去。问题来了，到底先救谁？据现场群众说，儿子先救他妈。那媳妇呢？邻居说是隔壁老王出手相救，把媳妇拖上了岸。问题又来了，如果不是老王，尽管男子救起了妈，很可能还是场悲剧；并且就算媳妇被老王救上来了，谁又能保证清醒过来后的她没有别的想法呢？到底先救谁？这是两难，这是"天问"，《诗经》的表述就是"进退维谷"。

瞻彼中林，你看在那丛林，
牲牲其鹿。鹿儿结伴成群觅食。
朋友已谮，朋友同僚诋毁猜疑，
不胥以谷。没有诚心善待互助。
人亦有言，人们曾经说过，
进退维谷。进退两难没有出路。

——《大雅·桑柔》九章

"维",只有或是之义;"谷",古人对此诗"谷"的释义有两种,一是"穷",一是"善",余从"穷"义,喻困境。"进退维谷",形容处于困境,进退两难。从心理学的角度上讲,进退维谷属于双避式冲突或负冲突,即对个体同时存在两个不利目标的选择,而个体都想躲避这两个选择,所以在选择上内心会产生纠结、痛苦和茫然,也即是陷入了"前有狼,后有虎",进退都不能的困境。

"进退维谷"留给人类的是"天问",2000多年来,一直拷问着古人,叩问着今人,也肯定垂问着后人。在天问面前,按惯性思维,我们一般会"两害相权取其轻",宁死八百,不损一千;又或是置之死地而后生,明知不可为而为之,来他个鱼死网破。其实,还有第三种可能,这就要靠你的智慧和信念。

书圣王羲之的孙子王僧虔是南朝齐国著名的书法家,当时的国君齐高帝也酷爱书法。某天,齐高帝召见王僧虔让其当场献字。王僧虔即时献诗一首,齐高帝亦兴致勃勃,执笔和就诗一篇,潇洒自如。正当满堂官员喝彩之时,齐高帝突然发问:"朕与你的书法造诣都是首屈一指,不过,到底谁的更高一筹呢?"

面对这突如其来的两难天(子)问,王僧虔可是愣了好一会。心想,如果说自己略高一筹,那必定让龙颜无光,皇威扫地。可如果昧着良心说自己略逊一筹,于心不爽,何况还可能被误认为有意欺骗皇上,岂不犯了欺君之罪？权衡利弊，王僧虔毕恭毕敬趋前对齐高帝言道："臣的书法，敢说是人臣第一；而皇上您的书法，则必定是皇中称王。"

也许你会认为这是滑头或忽悠，甚至是耍无赖，但却不失为实实在在的智慧。在面对两难选择的困境时，不拘泥于常理，抛弃非此即彼的惯性思维，往往会开拓出双赢的局面。

《易经》的坎卦，其卦画是上坎下坎，"习坎：有孚，唯心亨，行有尚"。坎卦象征着重重艰难险阻，上也难，下也难。只有坚守心中信念，才能不畏艰难而获得亨通，而这种坚守的精神，将会被人们所崇尚。

一场突如其来的沙暴让一位独自穿越沙漠的探险者迷失了方向，更可怕的是装干粮和水的背包被沙暴卷走了，他翻遍所有的口袋，只找到一个苹果。探险者瞬间陷入了进退维谷的困境。而此时，手中的苹果成了支撑他走出沙漠的唯一信念，我还有一个苹果！三天后，他终于走出了沙漠，手里依然握着那个已干瘪的苹果。漫漫人生如同茫茫沙漠，信念也许就是那个苹果。

回到《诗经》，诗人既不认同朋友、同僚之间互相猜疑、逸言诋毁，又不能不和他们共事往来，两难纠结，极是痛苦。其实，进退维谷虽然无奈，但不等于是绝境，诗人或许还有第三条路可走，信念！做人的信念：同流不合污，迎骄阳而不惧，"出淤泥而不染……亭亭净植"也！

人生的价值也许不在于成功后的鲜花和荣誉,而是理想的树立和信念的坚持。要摆脱进退维谷之困境,我们需要智慧和信念,当然,还有你的良好心态。

世界著名实业家、哲学家稻盛和夫在《活法》一书中写道:"人是很奇怪的,一旦被逼入进退维谷的境地,反倒想开了,轻松了。在改变自己心态的瞬间,人生就出现了转机。"这就是用心态换机遇,放下得失,清空烦恼,万物静观,静观自得。不过,我更喜欢唐人王维《终南别业》中的意境:

"行到水穷处,坐看云起时。"

有一种记忆 它从《诗经》走来
——报以介福，万寿无疆

有一种记忆，恍若隔世；有一种祝颂，邈若河山。

凡经历过二十世纪那个特殊时代的人，对"万寿无疆"这四个字的记忆虽说恍若隔世，但肯定记存终生且能娓娓道来。而这种时代烙印又是民族历史的文化记忆，其可追溯至上古，它从《诗经》走来。

"万寿无疆"是《诗经》中出现频率较高的词，且多集中在《小雅》中，如：

《小雅·天保》："君曰卜尔，万寿无疆。"

《小雅·南山有台》："乐只君子，万寿无疆。"

《小雅·甫田》："报以介福，万寿无疆。"

"万寿无疆"其本义指千秋万世，无疆无界。"万"，为"大"义；"疆"，古义为"竟（境）"。故"万寿无疆"亦可理解为"大寿无境"，即祝愿对方健康长寿之意，也是中华寿文化以及古代生命哲学的集中体现。

《诗经》中"万寿无疆"为祝颂词，与一般为老人祝寿的祝寿语不同，也与生日没必然联系，其多出现在祭祀、宴飨场合。也就是说，"万寿无疆"作为高级颂词，一开始就和宗教祭祀有关，是在此类活动中向神明、祖先乞求护佑，有其功利性。此外，祝颂的对象大多是社会上层或君王诸侯，因而又有其等级性。

两汉时，随着皇权的加强，"万寿无疆"一词也逐渐演化为只适用于歌颂皇帝的专用语，顶多偶尔可用来祝颂皇后、太上皇或皇太后。

古代臣民对皇帝的称颂不止停留在口颂和文颂上，还体现在生活的方方面面。

如祝寿钱。祝寿钱为"花钱"的一种，属非流通货币，始创于汉代。每逢皇帝大寿时，朝廷为表庆贺，往往会铸造一批祝寿钱，正面或反面铸有祝寿语，清代乾隆、嘉庆、道光、咸丰、同治等朝代都铸有"万寿无疆"祝寿语的祝寿钱。

如建筑装饰。考古界或收藏界有句专业语叫"秦砖汉瓦"，说的是这一时期建筑装饰的辉煌。汉代的瓦当以其取材精、造型美、艺术性强以及人文内涵丰富而深受世人青睐。在现已发现的汉代文物中就有印着"亿年无疆""万寿无疆"字样的精美瓦当。

如饮食烹饪。孔府宴以其悠久历史、出品讲究及其人文内涵而闻名天下，其中一道大菜取名为"万寿无疆"。据说是孔子第76代衍圣公孔令贻向慈禧太后祝寿时精心炮制的佳肴，老佛爷品尝后大悦，遂赐孔令贻为"紫禁城骑马"，可谓是一菜一殊荣。

自两汉以下,"万寿无疆"就犹如一艘硕大的龙船,一直航行在千年的历史长河中,亦演绎出了许多奇闻逸事。

大名鼎鼎的清代才子纪晓岚,为乾隆年间进士,官至礼部尚书、协办大学士。《清朝野史大观》记有他折腾过这样一件事:乾隆三十六年(1771年),乾隆爷命纪晓岚为《四库全书》总编辑官。盛夏某天,老纪因体胖怕热,索性脱掉上衣,袒胸露背地坐在案几校阅书稿。正巧此时乾隆爷步入馆来,老纪闻之慌忙钻进案底,用帏幔裹住半裸身体。憋了一会,想必危机已过,便探头询问:"老头子已走?""老头子三字何解?"正坐在旁边椅子上的乾隆爷听后怒问。老纪先是一惊,缓过神后却从容答道:"万寿无疆之谓老,顶天立地之谓头,父母天地又谓天之子,简称老头子。"老纪的智慧和幽默,也逗得乾隆爷龙颜大悦。

"万寿无疆"熬到慈禧当权,又有了别样演绎。慈禧50岁生日时,正值中法大战,中国不败而败,被迫开放云南等内陆地区;60岁寿辰时,中日甲午海战,中国惨败;70岁大寿时,中俄战争,东三省被蚕食。鉴此,有忧国人士在慈禧庆贺七十大寿时写了这样一副对联:"只剩一人何有庆,每逢万寿必无疆。"

当时革命志士章太炎接此联意,亦成一联。上联为:"今日幸颐和,明日幸海子,几忘曾幸古长安,亿兆民膏血轻抛,只顾一人庆有。"下联是:"五旬割云南,六旬割台湾,七旬又割东三省,数千里版图尽弃,每逢万寿疆无。"此联一出,天下叫绝。

时至后来,由于经历了二十世纪那个特殊年代的浸泡和洗礼,如今人们对"万寿无疆"一词已是讳莫如深,洗耳投渊。

《诗》可观

千古一诗经　第三只眼看《诗经》

　　观：博观天地万物，广览世间百态。

　　获取对事物本质的理解领悟，培养对宇宙人生的通达智慧。

惠风和畅 岁月静好

——琴瑟在御,莫不静好

不知何时始,"岁月静好"成了时下国人所热用之词组,究其出处,许多人认为出自胡兰成的婚约。

胡兰成曾任南京汪伪政府宣传部次长,是文学才女张爱玲的第一任丈夫。1944 年,胡与张结婚,其在婚书上写道:"愿使岁月静好,现世安稳。"这就是一些人认为"岁月静好"的所谓出处,而本人却难以苟同。要说是胡与张的婚书让"岁月静好"出了名,倒不如说是"岁月静好"让他们沾了光,充其量,这也只能说明胡兰成曾经恰到好处地借用过这美好词组的意境。

"岁月静好"的身世,应该上溯至 2000 多年前的《郑风·女曰鸡鸣》:

女曰鸡鸣,	女说公鸡已鸣叫。
士曰昧旦。	男说天色还没亮。
子兴视夜,	你起来看看夜空,

明星有烂。	启明星还有光亮。
将翱将翔，	鸟禽出巢将翱翔，
弋凫与雁。	射杀野鸭与大雁。
弋言加之，	野鸭大雁射下来，
与子宜之。	为你烹制做好菜。
宜言饮酒，	美味佳肴好下酒，
与子偕老。	与你相爱直到老。
琴瑟在御，	弹琴鼓瑟相和鸣，
莫不静好。	安详淡雅真的好。
知子之来之，	知道你是犒劳我，
杂佩以赠之。	送你佩玉表心意。
知子之顺之，	知道你是顺着我，
杂佩以问之。	送你佩玉表谢意。
知子之好之，	知道你是对我好，
杂佩以报之。	送你佩玉报答你。

这是一首很特别、很灵动、极具生活情景的对话体诗歌，通篇都是男女主人公在拂晓前的对话。2000多年前一对夫妻把小日子过得如此有情趣，令人读之莞尔，难怪朱熹老夫子也兴奋地赞誉之："意思亦好，读之，真个有不知手之舞、足之蹈者。"

女子醒来催促：快起床，鸡都叫了好几遍了。男子睡眼蒙眬地说：天都没亮。接着揉了揉眼叽咕道：你看启明星还亮着呢，再睡会。女子又催：鸟禽都离巢觅食了，还不如趁早去打些水鸭、大雁回来。

要把一个大男人从被窝里叫起来真不容易，尽管有点烦，但女子并没有"河东狮吼"，而是连哄带劝地接着说：等你打猎回来，我给你做好吃的，陪你喝上两杯酒，这样的日子多好啊，我愿意一辈子跟你这样过。

接下来是诗人的两句点评："琴瑟在御，莫不静好"，实在是不忍心将这经典诗句译成白话，生怕诗意全无，味道流失，也约束了它本来的文字张力。而任由读者按照自己的心境和悟性去解读，或许来得更妙。

一番温柔耳语后，咦！男子来劲了。他连夸女子对自己的好，而那块不知什么时候珍藏的佩玉，也就在那天早上送了出去。

所谓"歌不曼其声则少情，舞不长其袖则少态"，男子可是一赞三唱，这也是把夫妻的小日子过到恋人分上了，形象地诠释了"琴瑟在御，莫不静好"的愉悦和释怀，亦让今人读之动容，甚至有点热泪盈眶。

人言道，只要有诗心，生活语言就是诗。《女曰鸡鸣》算不上典型意义的诗，全诗也没有狂热的激情和心跳的缠绵，更没有山盟海誓的阅读冲击，有的是对话、淡然、朴质和真挚。然而，这就是"莫不静好"，这就是我们寻觅的诗魂，这就是看似普通却又难得的生活境界。它引起了我们的共鸣和联想，说不定还会无意中把自己绕

了进去,来一番美美的回忆或仙幻般的憧憬。

对酒当歌、两情相悦,"琴瑟在御,莫不静好",这是多么令人向往的美好光阴,前人为此追求了几千年。而今人且将"莫不静好"这反问句变成了肯定语——"岁月静好"!并注入"不折腾、不冲突、不嚣张、不厌世"的时代观念,继续求之、往之、祈盼之……

岁月静好,是静淡的生活方式。在幽静中绽放青春,在平静中显现才华,在守静中找到自己,在笃静中享受生命旅程。如同一片叶、一朵花,去留无意,自在天地;如同一根藤、一棵树,消长自然,自强无声。

岁月静好,是智慧的人生态度。在自律中找到规矩,在恐戒中找到敬畏,在繁华中找到简约,在知足中找到感恩。人世间五光十色，绚丽多彩，我只知自己一色，安然若素、谦卑自得。

岁月静好，是悟性的处世抉择。灿烂总要暗淡，花开终会花落；得失何必看重，今生就此一程。见或不见，我就在那里，一切安好，拈花微笑。

南怀瑾大师曾把儒、释、道分别喻作米店、杂货店和药店。如是：

岁月静好，就是儒家"米店"里今古杂交的优良品种。其吸取上下五千年之日月精华，饱含沧海桑田之天地灵气。民以食为天，食以粮为本；天下无粮，国家不稳。

岁月静好，就是佛家"杂货店"的人生钥匙，其用天竺之菩提、华夏之青铜灌铸成就，开智启慧，真如佛性。静悟醍醐生，佛度有缘人。

岁月静好，就是道家"药店"的心灵仙丹。其取九州泱泱五色土，配以中华文明之火炼就而成，苦口良药，道法自然。无为乃有为，无我故我在。

琴瑟在御，莫不静好？惠风和畅，岁月静好！

记得好友李骏先生在朋友圈头像背景里用过的两幅书法，一是"无事品茶"，一是"岁月静好"。姑且借用这两幅作品的意境，以为本文结尾。

无事品茶，茶禅一味，品味悟性。

岁月静好，好歹相对，静对人生。

一抹清风 化养万物
——吉甫作诵，穆如清风

《列女传》记载有"阿谷处女"的故事，说的是孔子和弟子子贡游历南方，路过阿谷山道与一位正在洗衣的女孩相遇，孔子使子贡与女子搭讪的情形。通过讨水、调琴和送礼的"三往三复"对话中，孔子认为该女孩敏捷聪辩、委婉坦诚且知理达礼，甚为敬佩其德能。

在"调琴"这环节，故事记述了子贡对女孩说的一番话"向者闻子之言，穆如清风，不拂不寤，私复我心"。说的是：刚才听你说的话，像是和畅的清风，显得很协调和谐，使我的心得到安宁。

子贡所说的"穆如清风"出自《诗经》。

吉甫作诵， 吉甫作此歌颂，
穆如清风。 和美好像清风。
仲山甫永怀， 永远怀念仲山甫，
以慰其心。 以此安慰他的心。

——《大雅·烝民》末章

《大雅·烝民》为周宣王命仲山甫筑城于齐、尹吉甫诵诗送行之作,诗中赞美了仲山甫的才德贤能。《诗经》中的《雅》又分《小雅》和《大雅》。《大雅》多数为西周王室贵族所作,主要歌颂周人祖先及君主的丰功伟业。较之《大雅》其他30篇,《烝民》诗哲理成分十分突显,"令仪令色""小心翼翼""爱莫能助""明哲保身"等成语均出自此诗,它也是后来文人大夫谈性情、说五常、论阴阳时,往往引用之经典诗作。

诗句的"穆"指美意,"穆如"指美如,美然;"清风"指清微之风,化养万物者也。"穆如清风"意为:和美如清风,化养万物,如《郑玄笺》:"其调和人之性如清风之养万物然。"

一抹清风原来如此了得,而对"清风"的解读和赞誉又是古人屡试不爽的伏案题材,妙入毫巅,精彩纷呈。

如汉人蔡邕的《答对元式诗》:"君子博文,贻我德音。辞之集矣,穆如清风。"

如魏晋人阮籍的《咏怀·其四十二》:"休哉上世士,万载垂清风。"

如唐人王维的《和仆射晋公扈从温汤》:"长吟吉甫颂,朝夕仰清风。"

如唐人白居易的《竹窗》:"清风北窗卧,可以傲羲皇。"

如宋人林宗放的《次宣州太守韵·其一》:"胸中霁月何明甚,笔底清风更穆如。"

如明人祝允明的《阊门歌送郭令》:"穆如清风,怀其存,慰其去。"

"穆如清风"如"羚羊挂角",意境超脱,是很优美的词组,诵之则可让人清新、释怀,如临惠风和畅之境界。位列中国古代十大才女诗人的谢道韫对此更是喜爱有加。

谢道韫出身名门,是赢得"淝水之战"而显赫青史的谢安之侄女。一次,谢安问她《诗经》中何句最佳,谢道韫答道:"吉甫作颂,穆如清风。"

谢道韫的丈夫是著名书法家、"书圣"王羲之的儿子王凝之。王谢两家都是东晋时期的名门贵族,两家联姻可谓门当户对,轰动一时。王谢两家亦位列中国古代十大名门望族,唐朝诗人刘禹锡《乌衣巷》中的名句"旧时王谢堂前燕,飞入寻常百姓家"的"王谢",指的就是东晋时的王家与谢家。

史书有这样的记载:谢安在一个寒冷的雪天,跟侄子、侄女聚集在一起谈诗论文。当时雪下得很大,谢安问道:"这纷纷扬扬的大雪像什么呢?"有人说:"跟把盐撒在空中差不多。"而谢道韫则答道:"未若柳絮因风起。"谢安甚为欣赏。史称谢道韫为"咏絮之才",后人亦将有文学才华的女子称为"咏絮之才"。

我国古代名媛才女的诗作多以阴柔见长,婉转含蓄、细腻缠绵。而谢道韫的诗作所呈现的往往是气走阳刚、笔挥潇洒,如《泰山吟》开篇两句:"峨峨东岳高,秀极冲青天。"《晋书》给予她的评价是:"风韵高迈","神情散朗,故有林下风气。"这也难怪《三字经》如此说:"谢道韫,能咏吟。彼女子,且聪敏,尔男子,当自警。"男人们啊,应当加倍努力之,否则只能徒望咏絮才女之项背。据说谢道韫清丽脱俗,是公认的大美人,但她最令人佩服的是文才,是她那穆如清风的人生境界。

穆如清风,化养万物;咏絮之才,高山仰止。

女子有才亦有德
——驾言出游,以写我忧

在现实中,每每心烦难耐时,我们总喜欢开着车外出兜风,一圈下来,心情舒缓,问题也想通了,这就是"驾言出游,以写我忧"。

> 我思肥泉,　我一想到那肥泉,
> 兹之永叹。　不禁怀伤长叹息。
> 思须与漕,　念到须邑和漕邑,
> 我心悠悠。　我的心情很闷郁。
> 驾言出游,　驾着车子去出游,
> 以写我忧。　缓解心中那忧愁。
> ——《邶风·泉水》末章

这是一首思归诗。清代学者陈继揆《读风臆补》说:"全诗皆虚景也。因想成幻,构出许多问答,许多路途,又想到出游写忧,其实未出中门半步也。"明人戴君恩《读风臆评》亦将此诗誉为"波澜横生,峰峦叠出,可谓千古奇观"。

《诗经》中有一首叫《载驰》的诗,史上公认为许穆夫人所写,至于这首《泉水》以及另一首《竹竿》的作者,历来存有争议,其中一派认为也是许穆夫人所写。如是,许穆夫人在《诗经》中便有了三首作品。

> 我行其野,芃芃其麦。
> 控于大邦,谁因谁极?
> 大夫君子,无我有尤。
> 百尔所思,不如我所之。
> ——《鄘风·载驰》末章

> 淇水在右,泉源在左。
> 巧笑之瑳,佩玉之傩。
> 淇水滺滺,桧楫松舟。
> 驾言出游,以写我忧。
> ——《卫风·竹竿》三、四章

许穆夫人,姬姓,春秋前期人,为卫公子顽和宣姜的女儿,后嫁给许国许穆公,故称许穆夫人。《载驰》展现了诗人热爱祖国的高尚情怀和拯救祖国的坚定信念;《泉水》则表达了诗人对祖国的忧思,宛若啼血杜鹃,悲鸣萦绕;《竹竿》回忆了诗人少年时代美好闲趣的生活,借以表达自己思亲怀乡之情愫。上述3首诗歌,是爱国情怀、怀念亲人和思慕故园的优美诗篇，有着不可置疑的艺术价值。作为女诗人，许穆夫人头顶上多了两重光环：一是中国有史可考的第一位女诗人，二是世界上第一位女诗人。

当然，我们还得感谢孔老夫子，是他在整理《诗经》时没有按所谓"女子无才便是德"的标准，才使得许穆夫人的诗篇得以流芳千古。

"女子无才便是德"一语最早出现于明朝晚期，但这并不代表古代社会对女性的才华和贡献是否定的。正是因为有了多才的她们，古代文坛才不至于黯淡凄清，才多了一抹惊艳、多了几分柔美。

她们以诗书做闺蜜，以笔墨结姻缘：或出身名门望族，或长于书香门第，或来自市井庶民，或偷生烟花柳巷，或隐居道观修玄，或活跃官场为政。

她们所处的环境不同，遭遇各异，其文风亦各具禀性，各有千秋：或缠绵，或悲恸，或婉转，或凄楚，或含蓄，或直白，或华丽，或朴质。

她们那一首首动人的诗篇，那一行行美丽的诗句，宛如一簇簇芬芳四溢的奇花异草，各美其美，美美与共。

挥就精彩开笔的许穆夫人："驾言出游，以写我忧。"

命运多舛、一生三嫁的蔡文姬："人生几何时，怀忧终年岁。"

才华横溢、追求真爱的卓文君："愿得一人心，白首不相离。"

满腹经纶、天性聪慧的鱼玄机:"潇潇风雨夜,惊梦复添愁。"

文思敏捷、颠沛流离的李清照:"莫道不销魂,帘卷西风,人比黄花瘦。"

咏絮才女、巾帼不让须眉的谢道韫:"峨峨东岳高,秀极冲青天。"

在芸芸才女中,有一位却显得异样传奇,她就是唐朝的上官婉儿。

上官婉儿生逢唐代武后、中宗两朝。在那"只能被模仿,无法被超越"的唐诗璀璨的年代,上官婉儿14岁便能作诗,她继承和发展了以其祖父上官仪命名的"上官体",不仅在宫廷诗方面颇有造诣,还开创了唐诗写性情之先河,影响着中宗以下一代诗风。上官婉儿死后,唐玄宗李隆基追惜她的才华,令人收集其诗文,整理辑成20卷。后来编纂的《全唐诗》亦收其遗作32首。

然而,单凭诗才,还不足以使她冠压群芳、位列中国古代四大才女,更是因为她那巾帼不让须眉的政治才干和长袖善舞的官场传奇成就了她。

上官14岁因聪慧善文为武则天所重用,负责草拟皇帝诏令,有"巾帼宰相"之称。唐中宗时,被封为昭容,以皇妃的身份掌管内廷与外朝的政令文告。后因参与宫廷斗争,被唐玄宗李隆基所杀,一代才女最后命丧于男人争权夺利的漩涡中。

2013年9月,上官婉儿的坟墓在距唐长安城遗址约

2.5公里处的咸阳市渭城区北社镇邓村被意外发现。蹊跷费解的是,考古人员在现场没有发现盗洞,但却也没有发现棺椁的痕迹。难道棺椁不翼而飞?还是根本没安放棺椁?又还是被高人所盗,不留痕迹?这诡异的现象,无疑给坎坷传奇的上官婉儿平添了一分神秘色彩。

叶下洞庭初,思君万里馀。
露浓香被冷,月落锦屏虚。

——上官婉儿《彩书怨》

人生就是一场送别
——瞻望弗及,泣涕如雨

我想没有多少成年人不知道《送别》这首歌曲的:"送君送到江水边,知心话儿说不完……"但要说到送别诗歌的祖宗,其在《诗经》。

燕燕于飞, 燕子飞翔在天上,
差池其羽。 参差舒展那翅膀;
之子于归, 妹子今日要远嫁,
远送于野。 送她送到那郊野;
瞻望弗及, 望着渐逝的身影,
泣涕如雨。 悲伤泪水落如雨。

——《邶风·燕燕》首章

燕子属候鸟,古时也称玄鸟。燕子迁徙时喜欢成双成对,深得古人青睐,故古人常以燕入诗,或惜春伤秋,或离情别愁,或寄托相思,或感时叹事。如苏东坡:"有如社燕与飞鸿,相逢未稳还相送。"

　　《燕燕》诗中的送者与被送者是谁,历来存议。余从"兄送其妹出嫁"一说,是卫国国君送他的妹妹远嫁南方国家的诗,表达的是天伦重于人伦的惜别情怀。父亲去世,妹妹又要远嫁,送妹一程又一程,离情别绪黯然销魂。"相见时难别亦难",千里相送终有一别,于是出现了最感人的情景:久久伫立,伤感怀思,"瞻望弗及,泣涕如雨"。令人读之顿生苍凉怅然之感,为之心悲鼻酸。

　　《燕燕》历来被公认是《诗经》中极为优美涵泳的诗篇,也是诗歌史上最早的送别之作。宋代许彦周赞叹其"真可泣鬼神!"清人王士禛则推崇为"万古送别之祖"。

自《燕燕》后,"瞻望弗及,泣涕如雨"成了表现离别惜意之艺术意境而反复出现在送别诗中:

如西晋左思的《悼离赠妹诗二首·其二》:"燕燕之诗,伫立以泣。送尔涉涂,涕泗交集。"

如谢翱的《秋社寄山中故人》:"燕子来时人送客,不堪离别泪湿衣。"

又如明人袁凯的《送贡先生入闽》:"悠悠长林,萧萧逝波。瞻望弗及,为之奈何。"

《燕燕》是一首描写"送之人"之情的送别诗,还有一种是描写"别之人"之情的送别诗,如《胡笳十八拍》。关于此诗的真实作者,尚存争议,一般认为是蔡文姬。余姑从此说。

蔡文姬为汉末著名学者蔡邕之女,博学才辩,又妙于音律。战乱年代为胡人所虏,被迫与南匈奴左贤王成婚,并生两子。12年后,曹操花重金将其赎回。

作为汉人,她成了胡人的俘虏;作为女人,她被迫嫁给匈奴人;作为母亲,她要和自己的孩子离别。耻辱、悲痛、无奈和绝望交织在一起,催生了蔡文姬在归途中的那首心痛肠断的千古佳作——《胡笳十八拍》:

"鞠之育之兮不羞耻,愍之念之兮生长边鄙。"她不顾羞耻地抚养那两个孩子,她可怜他俩生长在那遥远的边地。出语哽咽,泣哀入骨。

"今别子兮归故乡,旧怨平兮新怨长!泣血仰头兮诉苍苍,胡为生兮独罹此殃!"回归与离别共处一身,不得不别又不忍离别,怨苦问天,别之悲情。

纵观古今之送别诗,其实都在诠释着同一哲理,即"聚者必散",而与之相应的便是"生者必死"。

"生者必死"又是另一种送别,既熟悉又陌生,既抗拒又必然。借用钱锺书《围城》的文字表述是:"自知免不了一死,总希望人家表示愿意自己活下去……有人送别,仿佛临死的人有孝子顺孙送终,死也安心闭眼。"这是人生的送,人生的别;这是真的送,真的别。它是人人的归宿,它是生命的真实,它是无数送别碎片拼凑起的完整送别。

当然,如果你相信今生之后还有来世的话,那也是下一轮送别的开始。

但愿人世间的每一次送,不再伤感;但愿人世间每一次别,不再断肠。

君子和而不同

——言念君子,温其如玉

金庸的《书剑恩仇录》中,乾隆皇帝送给陈家洛的玉佩上,刻着"情深不寿,强极则辱,谦谦君子,温润如玉"一行字。"温润如玉"一词出自《秦风·小戎》:

言念君子,	想起我的丈夫啊,
温其如玉。	性情像美玉温和。
在其板屋,	远在戍边的板屋,
乱我心曲。	想他我心乱如麻!

——《秦风·小戎》首章

"君子"是儒家思想体系中继"圣人""贤人"后提出的具有较完美人格的人,以玉喻君子,可见古人对玉的偏爱和敬重。

早在七八千年前,玉石制品已经存在我们先祖的生活中。玉最早为礼器、重器,用于祭祀行典之类的族之要事、国之大事。后来随着青铜器的出现,玉的实用性逐渐被取代，而其非实用性随之放大，演变为佩玉、饰玉、赏玉等。历史上最有名且具神秘色彩的美玉，就是"完璧归赵"的"和氏璧"。

和氏璧最早见于《韩非子》《新序》等史籍，相传是制玉高手卞和于江西怀玉山（今三清山）采得。起初不为人所识，后经楚文王青睐，雕琢成器，命名和氏璧，遂成珍宝而传世。战国后期，在经历了蔺相如的"完璧归赵"事件后，和氏璧最终还是为秦所有。秦始皇命工匠在和氏璧上面刻着"受命于天，既寿永昌"八个字，并以此作为传至千秋万代的"皇帝玉玺"。

据说此玉玺历经刘邦、王莽、司马炎等帝王之手，一直传至唐朝。之后的五代十国，石敬瑭攻打后唐，后唐君主李从珂抱着玉玺一块自焚了。明朝皇帝朱元璋登基时，曾表示最大的遗憾就是缺少一块可以传世的玉，指的就是"和氏璧"。

对玉的赞美，古人从不吝啬，如"温润以泽""润泽以温""瑕不掩瑜"等。自从玉器走下庄严神圣的祭坛成为佩带饰物时，就与人类的日常生活和精神生活发生了融汇与共鸣，人们赋予了玉更多的精神文化内涵，东汉许慎在《说文解字》中，将前人对玉的解读概括为仁、义、智、勇、洁五德。这种人格化的赞美和定性，把玉升华至一个新的高尚、典雅而完美的境界。正是这种理解和偏爱，玉也成了品德、格调和身份的标志，故"古之君子必配玉"，"君子无故，玉不去身"。

说到"君子",又是件复杂难解之事。《诗经》305首,提到君子一词的共有180多次,为具体称谓词中出现频率最高的词。《诗经》中的君子一般指君王、诸侯或贵族阶层,而《小戎》诗中的君子则是丈夫,"言念君子,温其如玉",就是赞美自己的丈夫有玉一样的高贵品格。

然而何谓君子?君子的内涵是什么?从《易经》《诗经》到《论语》,从古人到今人,各种比喻、定义眼花缭乱,各样诠释、核诂莫衷一是。是深奥古僻,只可意会不可立论,还是烟霭朝岚,只可感觉不可捕捉?

撇开各种具体的定义、释义,或许我们可以重温司马光与王安石的故事,从中也许能悟出君子之根本。

北宋的司马光和王安石是前后相继的两任宰相,其性格迥异,为了政治观点和治国方略,两人针锋相对,甚至不择手段向对方痛下政治杀手。斗争的结果是王安石赢,司马光被赶下了宰相之位。

王安石任宰相期间,大力推行改革,引来朝野一片骂声。宋神宗无奈,只好免去王安石,重新任命司马光为宰相。

此时的宋神宗,应众臣之谏要治王安石重罪,于是询问司马光。司马光并未落井下石,而是恳切地说:"王安石胸怀坦荡,忠心耿耿,有古君子之风范,陛下万万不可听信谗言。"

宋神宗听后,感慨道:"卿等皆君子也!"

我和你私交很好,欣赏你的为人,但并不代表就完全同意你的行事主张；我反对你对问题的判断和做法，也不意味着对你个人道德品行的否定。这就是孔子所说的"君子和而不同"，做人做事要有原则，有底线；要有包容，有坚持。反之，"同而不和"乃小人也！

　　吾以为，"和而不同"是做人做事应有的态度，是君子树品立德之本！

人 有时候不是人
——人而无礼，胡不遄死

孔子的弟子言偃问老师："为什么要这么急切地维护礼呢？"孔子答道："夫礼，先王以承天之道，以治人之情。故失之者死，得之者生。《诗》曰：'相鼠有体，人而无礼。人而无礼，胡不遄死？'"孔老夫子认为：礼义，是先王贤帝上承于天道，下调治民情的法宝。所以，失去礼义的只有死路，得到礼义的才是生道。《诗经》说，"看那老鼠都有肢体，做人的却不守礼；做人的不守礼，还不如赶快去死？"

是的，老鼠虽小，但破坏力极强，也是人类最不喜欢的动物之一。而做人的，如果不守礼，其破坏力其实比老鼠更强，真的应该趁早死。孔子所引用的诗句出自《鄘风·相鼠》。

相鼠有皮， 看那老鼠有张皮，
人而无仪。 有人却没有威仪。
人而无仪， 人若没有了威仪，

不死何为? 不死还等什么呢?

相鼠有齿, 看那老鼠有牙齿,
人而无止。 有人却没了廉耻。
人而无止, 人若不遵守廉耻,
不死何俟? 不死还要等何时?

相鼠有体, 看那老鼠有肢体,
人而无礼。 有人却没有守礼。
人而无礼, 人若没有了礼义,
胡不遄死? 还不赶快趁早死?

上古时代的诗歌不少是骂人的,即讽刺诗,《相鼠》就是一首骂人骂到狗血淋头的讽刺诗。

《诗经》起码有5首诗写到鼠这个小动物,除本篇外,其他4首诗对鼠都相当极端,痛骂斥责或赶之喊打。《相鼠》一诗很特别,老鼠不仅不令人厌恶,反倒有点可爱了。诗中以鼠与人作对比,围绕"人不如鼠"的命题而成文。全诗一气贯注,又萦流激荡;语言尖刻,又句句在理。诗人从无威仪、没规矩、不守礼三个方面痛斥上层在位者的虚伪和丑恶,是一首微言大义的讽刺作品。

何为"礼"? 当然不是西方的握手拥抱,也不只是古人的拱手作揖,更不等同日本的点头哈腰。

"礼"是律己敬人的一种言行规范,是修身养性、持家立业的基础,是通过个人道德而显现的社会公德。它不仅仅是普通的礼仪礼节,更重要的是规范准则、良心公德乃至规章法度。

"礼"是儒家思想最重要的组成部分,故荀子说:"人无礼则不立,事无礼则不成,国无礼则不宁。"

每当听到"我国自古就是礼仪之邦"这句金光灿烂、引以为豪的句子时,不知诸位感受如何,而我更多的是酸涩感伤,并替古人羞愧于今。不是吗?不正常吗?这真不是矫情,不然,我们姑且也拿鼠来说事。

鼠知饱足,夜里出来觅食,白天只管待着。而我们有些人,却是利欲熏心,几亿元敢贪,上百套房敢婪,贪不知足,婪无止境。

鼠有鼠道,出入觅食都会遵循固定的路线。而我们有些人,视规矩为儿戏,为无物,为随心所欲。位高就是准则,权重就是制度。

鼠有恐戒,处处小心行事。而我们有些人,毫无敬畏之心,揽职拥权为己所用,穷奢极欲,湛湎荒诞。公职成霸主,服务变"恩准"。

可见,鼠能知足,"人"贪无厌;鼠有鼠道,"人"无规矩;鼠有恐戒,"人"无敬畏。

如此,2000多年前"人不如鼠"的立论实为经典。作为诗歌,写什么不重要,关键是怎么写,写得如何。《相鼠》语意新奇,语句奇警,不仅讽刺,还是哲理,实为一篇立论高、辞简而旨丰的讽刺诗。

当然，这并不是为鼠正名，"老鼠过街，人人喊打"，如是鼠患，应该打之。但如果是"人渣"呢，又该如何？或者是"苍蝇"，也许是"老虎"……

记得意大利诗人但丁说过："人不能像走兽那样活着，应该追求知识和美德。"

还记得时下一个段子，问道：狗与人最大的区别是什么？答说：狗，永远是狗；人，有时候不是人！

一匹老马的意象
——老马反为驹,不顾其后

提起"老马"这个意象,自然会想到"老骥伏枥",说的是一代枭雄曹操的故事。

公元200年,曹操于官渡之战中以少胜多,大败袁绍。公元207年,曹操远征乌桓,最终完成统一北方大业。

是年中秋刚过,曹操班师路过河北昌黎时,伫立山巅,眺望大海,心想霸业,脱口吟道:"东临碣石,以观沧海。水何澹澹,山岛竦峙……"返回军营后,曹操激情难捺,诗兴又起,其大步跨至案前,挥毫写就《龟虽寿》:"……老骥伏枥,志在千里。烈士暮年,壮心不已。"曹操时年53岁。

"老骥伏枥"后成为成语,比喻人虽然老了,但雄心壮志犹存。这是曹操的"老马"意象,但《诗经》的"老马"就不一样了。

老马反为驹, 老马反而当马驹,
不顾其后。 不顾后果是如何。

如食宜饇，　如吃饭饱了就好，
如酌孔取。　如饮酒酌量就行。

——《小雅·角弓》五章

《角弓》是一首规劝统治者要亲近兄弟，而为天下表率的诗歌。

关于"老马反为驹，不顾其后"一句的诠释，东汉经学大师郑玄认为："比喻幽王见老人反侮慢之，遇之如幼稚，不自顾念后至年老，人之遇己亦将然。"就是说，周幽王无礼，怠慢老人，他没想到自己也有老的时候，到那时，人们也会这样对待他。郑玄的见解，窃以为值得商榷，余倒是认同南宋理学家朱熹的观点。《朱熹集传》："如老马惫矣，而反自以为驹，不顾其后，将有不胜任之患也。""驹"为小马，亦可理解为壮马。朱熹认为，老就老了，不要逞能，否则将有不好的后果。

说到"老马反为驹"，不得不提到历史上另一位英雄：廉颇。

廉颇是战国时代赵国杰出的军事将领，位列战国四大名将（白起、李牧、王翦、廉颇）之　。他的一生，留给后人两个著名的成语，一是"负荆请罪"（与完璧归赵、渑池之会共同构成了"将相和"这一历史有名的故事）；一是"廉颇老矣"或"廉颇饭否"，史称"古之耄耋，无过其志"，80岁以上的长者，没有人能有他的志向远大。

廉颇在其数十年戎马生涯中,战功显赫,未尝败绩。但在决定赵国命运的长平一战中,赵王误中秦国的反间计,褫夺了廉颇的领兵权,而任用"纸上谈兵"的赵括,致使赵军大败。公元前245年,赵襄王听信奸臣郭开的谗言,最终解除了廉颇的军职。廉颇无奈,只好投奔魏国。

"廉颇老矣"的成语所说的故事,正是投奔魏国后所发生的事情。

廉颇投奔魏国后,并未获得魏王的重用。而此时赵国正被秦国围困,战事十分吃紧,赵王于是有了再次重用廉颇的想法,并委派宦官唐玖任使者,带着一副名贵的盔甲和四匹好马到魏国看望廉颇,以定是否可用。

廉颇见到使者,在使者面前一顿饭吃了一斗米、十斤肉,还披甲上马,表示自己可以胜任统帅之职位。至于使者回来的报告,《史记》是这样说的:"'廉将军虽老,尚善饭,然与臣坐,顷之三遗矢矣。'赵王以为老,遂不召。"说的是,使者回来对赵王说:"廉颇将军虽然老了,但饭量不错,可是和我坐在一起,不多会功夫就起身去了三次茅房。"赵王听后,认为廉颇老矣,故放弃再度起用。也有一种讲法,说使者唐玖被奸臣收买,故在赵王面前如此谗言。

史称廉颇为"闻过则改第一臣,皓首壮心第一翁",说的是"负荆请罪"和"临老请缨"这两个典故。我无意诋毁英雄,特别是老英雄。但此时的廉颇已是82岁高龄了，耄耋老人一个。要说吃了一斗米、十斤肉，那也是撑的，还能披甲上马，那肯定踉踉跄跄，至于上茅房三次，有可能是真的。在冷兵器时代，82岁的耄耋老者要披甲驰骋、指挥三军，这固然令人起敬，但同样堪忧。

"廉颇老矣"成语出自辛弃疾《永遇乐·京口北固亭怀古》："凭谁问，廉颇老矣，尚能饭否？"辛弃疾自比廉颇，老当益壮，希望能得到朝廷重用，可以充任北上伐金的统帅。离开此词原意，有关词典对"廉颇老矣"的释义很含糊，而时人的理解，更多的是"老之将至"或"力不从心"之意。

"老马反为驹"还是"老骥伏枥"，这是人生进程最后阶段的选择，是生活态度的取向。但不管结果是"不顾其后"还是"志在千里"，终归要走到"廉颇老矣，尚能饭否"的生命状态。

人各有志，老者亦然。余所向往：老马为驹，不辍耕读；小楼一统，春夏秋冬。

有一种处世态度叫明哲保身
——既明且哲,以保其身

宋人晏殊是一位传奇人物,官至宰相,且在文学领域颇有成就,"无可奈何花落去,似曾相识燕归来""昨夜西风凋碧树。独上高楼,望尽天涯路"等千古佳句均出自他,且被誉为宋词的一代宗师以及江西词派的领袖。其逝世后,欧阳修曾题诗悼念,其中写道:"富贵优游五十年,始终明哲保身全。一时闻望朝廷重,余事文章海外传。""明哲保身"出自《诗经》,赞誉的是仲山甫。

肃肃王命,	肃肃威严的王令,
仲山甫将之。	仲山甫坚定奉行。
邦国若否,	国家事务的好歹,
仲山甫明之。	仲山甫心里明白。
既明且哲,	了解局势有智慧,
以保其身。	身家性命得保全。
夙夜匪解,	日夜工作不懈怠,

以事一人。 全心全意侍周王。

——《大雅·烝民》四章

仲山甫，西周宣王元年（公元前827年）以一介平民受举荐进入王室，后官至卿士（相当后世的宰相），封地于樊（今湖北襄樊市），从此以樊作姓，为樊姓始祖。《大雅·烝民》赞美仲山甫品德高尚，为人师表，不侮民众，不畏强暴，忠于职守，一心为国，就是天子有过亦以纠正。诗中通过对仲山甫的赞美，亦宣扬了周宣王的"任贤使能，周室中兴焉"。

与诗中赞扬的仲山甫一样具备过人智慧并能保全身家性命的，还有春秋后期的政治家、军事家范蠡。

越国被吴国打败后，范蠡陪越王勾践在吴国为奴三年。三年后回国，范蠡辅助越王，励精图治，最终灭吴，一雪前耻。功成名就后，范蠡审时度势，急流勇退，携西施出走姑苏，隐姓埋名，泛一叶扁舟于五湖之中，遨游在七十二峰山间。期间经商成巨富，自号陶朱公，并慷慨散财以兼济天下，世人赞誉，称为"商圣"。

范蠡雄才大略，功高盖主但又能审势明辨，他的毅然出走，既保住了性命，又造就了后来的一番大事业。而与范蠡同时辅佐越王的大功臣文种，却参不透"飞鸟尽，良弓藏"的玄机，继续留任，官至相国。

文种何德何能？昔日范蠡陪越王勾践赴吴国为奴时，留下来苦心经营没有君主的越国的正是文种，世人只知勾践忍辱负重,却鲜知文种的艰辛与忠君。所谓"太高人愈妒,过洁世同嫌",勾践听信谗言,也怀疑文种了。公元前472年,也就是越王完成雪耻复国大业第二年,勾践召见文种说:"你当时给我出了七条计谋,我只用了三条就打败了吴国,剩下四条在你那里,你用这四条去阴间为先王打败吴国的阴魂。"走后留一剑在桌。望着刻有"属缕"的宝剑,文种仰天长叹:"大恩不报,大功不还。其谓斯乎?吾悔不随范蠡之谋,乃为越王所戮。"文种不听范蠡劝告,执迷不悟,要与越王分享成果,结果落得个"赐剑自刎"的可悲又可惜的下场。

审时度势、进退自如,这不仅是智慧的彰显,更是处世态度,也是"既明且哲,以保其身"的内涵原义。

后来,这诗句被提炼为"明哲保身",其含义也不自觉地由褒义演变成贬义了,专指因怕连累自己而不顾公义或回避原则的做法。

如毛泽东在《反对自由主义》一文中谈道"事不关己,高高挂起;明知不对,少说为佳;明哲保身,但求无过"的现象是自由主义的第三种现象。

说到明哲保身,很自然会联想到另一个也具争议的成语——独善其身。

老子认为,君子应重身轻物,知足知止,功成身退,韬光养晦。老子这一哲理被后来的道家演变为追求个人修身养性、清静无为的隐士思想,也是独善其身的典型表现。

小乘佛教讲自我修持,自我解脱,主张"出世"圆满;大乘佛教也讲自我修持,但强调普度众生,主张以"出世"的思想,做"入世"的德行,正如地藏王菩萨所言:"地狱不空,誓不成佛。"

儒家则主张"穷则独善其身,达则兼济天下",君子应该"修身,齐家,治国,平天下"。

然而,有一种独善其身的意境却是古今认同、世人称道的——莲花,宋人周敦颐笔下的莲花,"出淤泥而不染,濯清涟而不妖,中通外直,不蔓不枝,香远益清,亭亭净植"。

君子也!

占着茅坑不拉屎
——彼君子兮,不素餐兮

不稼不穑, 　　　不耕种不收割,
胡取禾三百廛兮? 　为何获取三百束禾啊?
不狩不猎, 　　　冬天不上山打猎,
胡瞻尔庭有县貆兮? 为何看到你庭内挂着獾肉啊?
彼君子兮, 　　　那个君子啊,
不素餐兮! 　　　不白吃闲饭啊!
　　　　　　　——《魏风·伐檀》首章

如果说《诗经》还有不少谜团未解,那《伐檀》就是最大谜团之一。

《伐檀》是《诗经》中流传很广的篇目,但对此诗的诗旨、作者身份的考证,却存在严重分歧,古今亦然,其争论之激烈,为诗经研究之罕见,是一场打了2000多年的文字诉讼。

据《孟子·尽心上》载,早在2000多年前孟子和他的学生公孙丑就曾讨论过本诗的主题,公孙丑曰:"《诗》

曰：'不素餐兮'，君子之不耕而食，何也？"孟子曰："君子居是国也，其君用之，则安富尊荣，其子弟从之，则孝悌忠信。'不素餐兮'，孰大于是。"孟子认为："君子为国家做事，所以安定富足，富贵荣华；学生跟随他，就会孝敬父母，尊重兄长，忠诚而有信用。'不白吃饭啊'！还有谁比他的贡献大呢？"

嗣后，"二千余年纷纷无定解"，而这些争论随着时代的更替，也明显地打下了时代的烙印。主要观点为：一、"刺贪也。在位贪鄙，无功而受禄，君子不得仕进耳"；二、赞美为人民做事，没有白吃饭的"劳心者治人"的诗歌；三、反抗奴隶主或封建主的诗歌，讽刺"不劳而食者"；四、就是一首普通的民歌，随口而唱，没有特指。时至今日，仍无定论。

而2000多年的争论，很大程度上又集中在对"彼君子兮，不素餐兮"这句诗的释义上，是肯定语还是讥讽句？余自认才疏学浅，怯于深究，只知断句取义，"彼君子兮，不素餐兮"，就是这个君子啊，没有白吃饭，至于后面是感叹号还是问号，均与鄙人拙文关系不大。

有意思的是，"不素餐兮"被后人截词定义，抽起"素餐"二字，与"尸位"相连，组成"尸位素餐"之成语。

"尸"是古代祭祀中一个代表神而端坐祭坛不需做任何动作的人，事后主人还要犒劳"尸位者"，以示对尸位者和神的酬谢和敬畏。《诗经》其他篇章也有"公尸"一说，指的是国家祭祀活动的尸位者。

"尸位"源于《尚书·五子之歌》："太康尸位，以逸豫灭厥德。"这里讲的是"太康丧国"的典故。

大禹死后其子启继位，开始了父死子继的帝制时代。启死后，其儿子太康继位，成为夏朝第三任君主。太康在位期间不理政事，贪图享乐、丧失德行，人民因此而厌憎，其国都最后也被射下了几个太阳的后羿所侵占。"太康尸位"指的是太康身为君主，不为国家和人民的利益施政而只顾自己安逸享受，没有德行，最后连国家都败掉了。

"尸位素餐"这个成语，则最早见于班固的《汉书·朱云传》："今朝廷大臣，上不能匡主，下亡以益民，皆尸位素餐。"这也是一个挺出名的典故。

西汉成帝登基后，任命他的老师张禹为丞相，一人之下，万人之上。但官员们不服这个没有真才实干的人，有位叫朱云的官员，其刚正不阿，当着在朝文武官员面直谏汉成帝：当今朝中有位大臣，对上不能辅佐陛下，对下不能造福百姓，整日无所事事，只知领取国家俸禄，"皆尸位素餐"。并求皇上赐予宝剑，斩杀张禹。成帝大怒，下令处斩朱云。朱云不肯就范，死死抓住殿前栏槛，竟把栏槛折断。

此时，左将军辛庆忌挺身而出，直谏道："朱云虽然无礼，但也是一片忠心。如果他讲得对，自然不能杀他；即使讲得不对，也不至于死罪……臣以死担保。"说罢，磕头至血流。成帝最后赦免了朱云死罪，并下令不要修复被折断的栏槛,以纪念直言进谏的忠臣行为。

讽刺、耐人寻味的是,朱云虽免遭杀身之祸,但其意见并未被采纳,张禹还是高居丞相,尸位素餐。

"尸位素餐",指的是空占职位,不尽职守之意。通俗说,就是占着茅坑不拉屎;文雅讲,就是在其位不谋其政。

回到当下,在机关部门、事业单位,以及我们身边,如此怪象,屡见不鲜:拥权自用,但求无过;走读干部,无所担当;冗员冗滞,人浮于事;能力低下,碌碌无为……此等世风,虽不能说是普遍,但绝不是个别。

还是李克强总理一语中的:"为官不为,只要不出事,宁愿不做事,说得难听一点,这不就是尸位素餐吗?"

老而不死是为贼
——匪面命之,言提其耳

于乎小子, 唉,小子!
未知臧否。 不知好歹,不懂辨别。
匪手携之, 不但要牵着你的手,
言示之事。 还要教你做事的方法。
匪面命之, 不但要当面告诫你,
言提其耳。 还要凑近耳朵反复叮嘱。

——《大雅·抑》十章

《抑》诗作者为周代卫国武公。卫武公作诗以自警、自诫,并以诗言志,讽刺周平王不明事理,不能求贤立德。

"匪面命之,言提其耳"后来演变为"耳提面命"或"面命耳提"。"耳提"为恳切教导之意;"面命"为当面告语意。"耳提面命"形容的是长辈(或上级)对晚辈(或下级)的教诲殷切,要求严格。

与耳提面命有联系又有区别的成语叫"言传身教"。言传身教是由两个概念结合而成的成语,言传不等于身教,身教不一定言传,并由此引申出"身教重于言教"之命题。

说"身教重于言教",也许没有多少人反对,有意思的是,这也是多数人难以做到或没完全意识到的事情。"耳提面命"式的"言教",我们听得太多了,从懂事到读书,投身社会。而"身教"的重要性往往被我们所忽视,其可怕不仅体现在个体家庭子女教育上,而且体现在整个社会下一代的教育问题上,是关乎几亿年轻国民素质走向之大事。

古代有这么一个故事:有位宰相的妻子非常重视儿子的教育,每天念叨着、劝告着儿子要努力读书,要有礼节、讲信用、忠国君。而宰相勤于公务,晚上在家也是伏案博览。爱儿心切的妻子终于忍不住对宰相说:"你只顾你的公务和读书,是否也该分出点时间来教化自己的儿子啊?"宰相说:"我时时刻刻都在教育自己的儿子,言传不如身教,身体力行更能将自己所要表述的道理,深刻而形象地表达出来。"这就是"不言之教",正如近代教育家叶圣陶所说:"身教最为贵,知行不可分。"

还有一个现实版的例子。前些时间,一位潘姓朋友在微信朋友圈发帖,说在单位碰到一件不可思议的事:一名父亲带着约10岁的儿子来公司吵架。到底为何事?"不是血海深仇,是可以补救的事。"情形如何?"那位父亲的咆哮声……"后来戏剧性的一幕出现了,"他的儿子出来了,看到我们便笑,'对不起啊,我爸是这样的,特麻烦'。"朋友在短文最后提出了一个痛心的困惑:"父亲来吵架为什么要带孩子呢?是为了言传身教让孩子实习实战吗?"对此,我留下的评论是:为老不尊。其实还忘了四个字:孺子可教。

"为老不尊"是一个沉重的话题,甚至有人认为"不是老人变坏了,而是坏人变老了"。我真不愿意去探究这社会成因,亦不知道是否是"崖崩式"地坏掉了。

然而事实是:伸出援手扶一把,却被诬告和讹诈;人家没让座,老人竟然一屁股坐在女孩身上。此外,吐痰、骂街、不排队、冲红灯等现象随时随地都在上演,"出将入相",丑态纷呈,在尊老的文明舞台上,上演着一幕幕的"为老不尊"。呜呼哀哉!台下的观众也只能借用孔老夫子的圣言喝起倒彩:"老而不死,是为贼!"

何为贼?老而无德,害人虫也。为老不尊,不尊重自己那是自找的,不尊重别人倒也能忍,关键是不尊重晚辈,祸害后生。

俗话说:亲其师,则信其道;信其道,则循其步。后生们在其成长经历中,都有一个学步的过程,除生理、物理上的学步外,还有一个心灵的学步,道德的学步,文明的学步。他们记忆着、模仿着、重复着,潜移默化,亦步亦趋。他们所承接的,正是长辈的行为基因。

我们也许记得"曾子杀猪"的故事。为了给孩子树立"言而有信"的榜样,曾子宁愿把家里的猪给杀了煮给孩子吃,也不能言而无信。

是的,后生们都在效颦学步,而作为长辈的我们,"身教"给他们什么了,行姿正确吗?何不反躬自问呢?

道可道 人之道
——鸢飞戾天,鱼跃于渊

1860年,英法联军闯进北京圆明园进行疯狂掠夺,为销赃灭迹,放火焚烧圆明园,一座世界名园从此化成一片废墟。这是人类文明史上的浩劫,也是中华民族永远的痛。

据史料记载,当时圆明园四十景中有一处叫"鱼跃鸢飞",位于圆明园北区中部,建于雍正时期,是清帝欣赏圆明园北部景区及四周田园风光的绝佳场所。景区由竹篱、游廊和围墙分割成大小各异、相互通透的3个院子,一条小溪从院内潺潺流过,极具动感灵气。乾隆御诗《圆明园四十景图咏》对此景咏怀道:"心无尘常惺,境惬赏为美。川泳与云飞,物物含至理。""川泳与云飞"指的就是"鱼跃鸢飞",其意借于《诗经》。

鸢飞戾天,　鹞鹰高飞在蓝天,
鱼跃于渊。　鱼儿跳跃在渊水。
岂弟君子,　和乐平易的君子,

遐不作人？怎能不去培养人？

——《大雅·旱麓》三章

关于此诗句的表象极其清晰，然其深层含义则不易诠释，历来学者见解不一，就像万花筒，每人摆弄一下，其所见景致各异，或许这正是《诗经》迷人之处。

去恶迎喜说。郑玄笺云："（鸢）飞而至天，喻恶人远去，不为民害也；鱼跳跃于渊中，喻民喜得所。"指的是坏事远去，好事到来。

鄙弃名利说。南朝梁代文史学家吴均《与朱元思书》认为："鸢飞戾天者，望峰息心；经纶世务者，窥谷忘反。"像鹞鸢一样极力追求功名利禄的人，看到奇丽的山峰，就会平息热衷名利之心；那些管理政务的人，看到幽美的山谷，就会流连忘返，静心养性。"鸢飞戾天"在这里成了追名逐利的意象，亦反映出作者对名利的鄙弃，对官场的厌恶，含蓄地流露出退隐山林的高士逸志。

万物各得其所说。孔颖达疏："其上则鸢鸟得飞至于天以游翔，其下则鱼皆跳跃于渊中而喜乐，是道被飞潜，万物得所，化之明察故也。"也就是说上下分明，万物各得其所，这是"道"之所为。

关于"万物得所道为之"，《中庸》第12章有一段十分精彩的阐述："君子之道费而隐。夫妇之愚，可以与知焉。及其至也，虽圣人亦有所不知焉。夫妇之不肖，可以能行焉，及其至也，虽圣人亦有所不能焉。天地之大也,人犹有所憾。故君子语大,天下莫能载焉;语小,天下莫能破焉。《诗》云:'鸢飞戾天,鱼跃于渊',言其上下察也。君子之道,造端乎夫妇,及其至也,察乎天地。"

此段话直译过来很有意思:君子的道广大而又精微,普通人虽然愚昧,也可以知道君子的道,但道的最高境界,即便是圣人也有不清楚的地方。普通人虽不明智,也可以践行君子的道,但道的最高准则,即便是圣人也有做不到的地方。天地如此广大,但人们仍有不满足。所以,君子说到"大",就大得连整个天下都装载不下;说到"小",就小得一点儿都分不开。《诗经》说:"鹞鹰飞向天空,鱼儿跳跃渊水",这是说上下分明。君子的道,开始于普通人,但道的最高境界,却昭显在天地万物。

看了这段阐述,诸君是否也有被颠覆的感觉?据说,老子《道德经》开篇句"道可道,非常道"最早是"道可道,非恒道",在汉代为避讳汉文帝刘恒,才改为"常"。关于此句经文的内涵,史上有各种悟义,其中一说是:能被说出来的道,就不是永恒的道。如果我们以此对照上述《中庸》的说法,有趣的问题来了。既然君子的道开始于普通人,普通人也知道并践行着道,那么老子的"道可道,非常道"后面似乎还可加上一句:道可道,人之道。

至于"鸢飞戾天,鱼跃于渊"的释义,余认同"人才培养说"。联系下句"岂弟君子,遐不作人"的"作",可以理解为"作养人才",即和乐平易的君子,应该去培养新人,光宗耀祖。而"鱼跃鸢飞"亦深得"海阔凭鱼跃,天高任鸟飞"之意境,象征着人才辈出,人尽其才,也是另一种意义上的"万物得所道为之",道可道,人之道。如是,借古喻今,又是此番景象:

鸢飞戾天,鱼跃于渊;大众创业,万众创新。

人言可畏 还是人言可戏
——人之多言，亦可畏也

《井底引银瓶》是唐代白居易创作的一首长篇叙事诗，也是他诗作中流传最广的名篇之一。诗中写道："妾弄青梅凭短墙，君骑白马傍垂杨。墙头马上遥相顾，一见知君即断肠。"说的是：我玩弄着倚靠在矮墙上的青梅树，而你骑着白马立在柳树旁。我趴在墙头你骑在马上遥相对望，一见到你便有了断肠的相思。这也许就是世人所说的一见钟情，但当时白马男子为什么不翻墙相见呢？有人翻过去了，《西厢记》的张生翻过去了，《墙头马上》的裴少俊翻过去了。还有更了得的男子，2000多年前就翻过去了。

> 将仲子兮，无逾我里，无折我树杞。岂敢爱之？畏我父母。仲可怀也，父母之言，亦可畏也。
>
> 将仲子兮，无逾我墙，无折我树桑。岂敢爱之？畏我诸兄。仲可怀也，诸兄之言，亦可畏也。

> 将仲子兮，无逾我园，无折我树檀。岂敢爱之？畏人之多言。仲可怀也，人之多言，亦可畏也。
>
> ——《郑风·将仲子》

诗中描写的是青年男女相恋的故事，道出一位情柔女子的心理独白："求求你啊仲子哥，不要（再）翻越我家的门户，不要攀折我家的杞树……求求你啊仲子哥，不要（再）翻越我家的围墙，不要攀折我家的桑树……求求你啊仲子哥，不要（再）越过我家的园子，不要攀折我家的檀树。真的不是我吝惜，只是怕别人说闲话。仲子哥啊，我其实想念你，但人们的议论，也令我害怕。"诗中女子絮絮叨叨，似劝阻，似求助，似安慰，又似在传情。形象地勾画出热恋少女那既痴情又顾虑的复杂心情，欲拒还迎，欲迎又惧，甚是纠结，也是痛苦。

为什么诗中女子会这样？看看孟子的说教你就理解了。《孟子·滕文公下》："不待父母之命，媒妁之言，钻穴隙相窥，逾墙相从，则父母、国人皆贱之。"连"钻穴隙"悄悄相看一下，"亚圣"他老人家都认为不行，更是将男女间的"翻墙之事"看作大逆不道，有违礼制规矩，是可耻行为，父母应该制止，世人理应谴责。这是先秦时代的伦理观念，也难怪诗中女子纠结和痛苦。

墙，可以防贼，可以隐私。而在《将仲子》诗中，墙的意象却成了一道不能逾越的伦理障碍，阻隔和束缚着男女对爱情追求的自由。为什么？因为这堵无形而又难以翻越的墙就是闲话是非，毁谗贱骂，人言可畏。

由此想起20世纪30年代影星阮玲玉。阮玲玉只活了25个春秋，其短暂的一生命运多舛，甚为坎坷，在精神接近崩溃时，她无奈选择了服毒自杀。在她的遗书中有这样的一段令人读之震撼的话："我一死何足惜，不过，还是怕人言可畏，人言可畏罢了。"这就是连死也死得不放心，死有余悸。鲁迅在《论人言可畏》一文中亦谈到此事，并辛辣地指出："凡有谁自杀了，现在是总要受一通强毅的评论家的呵斥。阮玲玉当然也不在例外。"人死了，还要被骂"醒"，甚是可悲，也是费解。

"人言可畏"并非中国人独有的心态，外国人也一样畏惧。

美国革命女作家史沫特莱20世纪30年代访问延安，是当时延安学跳交谊舞的倡导者和推广者。后来她回忆道："在延安的妇女中间，我赢得了败坏军风的恶名。人言可畏，群情侧目，以致有一回朱德邀我再教他跳一次舞时，我居然谢绝了他。"

为什么人言可畏？因为"众口铄金，积毁销骨"。众人所责，虽坚如钢铁之物，亦告熔化。毁谤不止，一旦被世俗所接受，社会舆论就得让你就范，不仅令人难以生存，甚至可以杀人。当然，也有不畏的，韩信就算一个。

从小失去父母的韩信，甘受"胯下之辱"，无视众人的嘲讽中伤，最终成为一代名将。他后来说："我当时并不是怕他……如果杀了他，也就不会有我的今天了。"

确实有那么一种人，为了自己的目标和信念，不畏人言，我行我素。正如意大利文学家但丁在《神曲》中写的："走自己的路，让别人说去吧。"

如今，但丁这句话后面又被加上了"我的青春，我做主！"或"我的地盘，我做主"。

还是如今，有些人不但不畏人言，还真心喜欢上了可畏的人言。其为博出名，为求曝光率，自编故事，自造绯闻，甚至不惜自毁形象，并盗用王成大哥"向我开炮"的做法，骗取公众的信任和良知，以期达到一夜成名、免费增值的私利，丑闻已成丑闻制造者的通行证。而这些有悖道德的闹剧每天还在上演，其中，个别"乐此道"的媒体责不可卸！而那些"好这口"的网民，也俨然成为民间推手，令人担忧。

到底是"人言可畏"，"人言可弃"，还是"人言可戏"呢？这是读《将仲子》之困惑。

历史密林中迤逦而行的队伍
——考槃在涧,硕人之宽

2012年,中央电视台播了一部叫《走进终南山》的系列纪录片,片中记录了5000多名当代中外人士隐居终南山、过着似千年以前修行生活的情景,从而使得"隐士"这一古老现象重回人们的视野。

终南山位于西安市长安区城南约15公里处,又名太乙山、中南山、周南山,简称南山,是秦岭山脉的一段,西起陕西眉县,东至西安蓝田县,"福如东海,寿比南山"的南山,原指此山。终南山为我国道教发祥地之一,它那波澜不惊、内敛含蓄的独特气质以及老子2000多年前传授"五千字"的古楼观的无穷魅力,成就了古今隐士修身养性、荡涤心灵的最佳场所。

在我国历史文献中,最早提到隐士现象的为《易经》。乾卦《文言》曰:"初九曰:'潜龙勿用',何谓也?'孔子说:'这是指具有龙一样品德而隐居的人,不因世俗的观念而改变自己的志向,不去追逐世俗的虚名。独自隐居不感烦闷,不被认同也不会苦恼。自己乐意的事就去施行，自己不乐意的事就回避。意志坚韧不拔，这就是潜藏于深渊的龙。'"另坤卦《文言》曰："天地变化，草木蕃；天地闭，贤人隐。"天地阴阳互通，草木生长茂盛；天地阴阳闭塞，贤人只有隐退。而第一次以诗歌体裁描述隐士的，则是《卫风·考槃》：

> **考槃在涧**，优哉乐哉山涧畔，
> **硕人之宽**。大德之人心胸广。
> **独寐寤言**，独睡独醒独自语，
> **永矢弗谖**。誓不违背隐居志。
>
> **考槃在阿**，优哉乐哉山冈上，
> **硕人之薖**。大德之人心神朗。
> **独寐寤歌**，独睡独醒独自歌，
> **永矢弗过**。永记隐居多快活。
>
> **考槃在陆**，优哉乐哉在山丘，
> **硕人之轴**。大德之人多闲悠。
> **独寐寤宿**，独睡独醒独自过，
> **永矢弗告**。永不张扬不告诉。

"考"，指落成，成就义；"槃"，为快乐义。

这是一首隐士的赞歌，为隐逸诗之祖。何谓"隐士"？《辞海》如此释义："隐士是隐居不仕的人。"如此说，那樵夫山野之人也可算是隐士？或许没错，这是广义上的隐士。不过，古人肯定不认同这释义，如唐人李延寿《南史·隐逸列传》就说：隐士"须含贞养素，文以艺业。不尔，则与夫樵者在山，何殊异也"。而2000多年前的隐士则更不是这回事。通过对该诗的赏析以及综合《诗经》其他有关篇章的表述，《诗经》的年代，隐士这称谓是带有褒奖意味的社会认同，能够被世人称为隐士的绝非凡夫俗子，除了不仕外，还必须具备四大要素：

贤：贤人隐。行为者是世人认可的仁人贤能，具有相当的社会影响力。

隐：退而穷处。对世事视而不见，对世情充耳不闻。

幽：隐居于远离社会喧嚣的山涧之畔、山冈之山、黄土高丘等难觅人迹的幽静之处。

乐：具有宽松、快乐的豁达心境以及豪放、直率的人格魅力。

这也是古代很长一段时间里衡量隐士的标准，核心是"贤"与"乐"。

隐士是一种生活方式，也是一种文化现象，还可能是一种政治生态。他们是一个特殊的社会群体，更是社会衍生的特殊产物，安贫乐道是其基本人格，远离政治是其典型心态，转换现实是其目标追求。

据典籍记载，史上最早的隐士为尧帝时的巢父和许由，他俩为了躲避尧帝的禅让而隐居深山幽谷，终身不仕。到了商朝末年，史上又出现了两位著名的隐士，便是伯夷和叔齐兄弟俩。两人是当时孤竹国（今河北省境内）国君之子，孤竹君死后，伯夷和叔齐均不肯按遗嘱接任君位。后又因不满周武王以武力推翻商纣王暴政而不肯归顺周朝，并逃到首阳山隐居，宁可"采薇而食"也"不食周粟"，最后饿死于首阳山。

伯夷和叔齐的"让国"与"不食周粟"的行为，得到了后来的儒家充分的认同和推崇。有意思的是，太史公司马迁虽然在《史记》中为两人写了传记，并冠于《列传》之首，但却惜字如金，没有留下半句美语。更耐人寻味的是，毛泽东在《别了，司徒雷登》一文中，认为历史上歌颂伯夷是错的。

悠悠沧海，上下五千。隐士，就是一支始终隐蔽在历史密林中迤逦而行的队伍，蜿蜒曲折，只见其首，不见其尾。然而他们的脚步又各有千秋，行姿百态：

有参透局事，亡命而隐的。如春秋时代的范蠡，看透人世，功成身退，驾一叶扁舟潇洒而去，隐姓埋名于江湖。

有志向高远，视隐如归的。如汉代的梁鸿、晋宋间的宋炳、元代的吴镇等，哪怕皇帝下旨亦不出山。

有半路出家，先官后隐的。如晋人陶渊明、明人文徵明，宁可辞官亦不为五斗米折腰，舒心隐居至终。

有徘徊彷徨，半官半隐的。如唐人王维，既不愿失去俸禄，又厌恶官场，身为官吏，却不问政事。

有忽官忽隐，任性随意的。如元末明初的王蒙、明末的董其昌,做几年官便去隐居,朝廷征召复又为官,为官一阵又去隐居,仕隐飘忽。

有以隐为幌,欺世盗名的。如唐人卢藏用,因求官不得,便高调隐居终南山,拿山林说事,"走终南捷径",一心向朝廷要官,要的还是高官厚禄。

有虚伪矫情,沽名钓誉的。如晚明的陈继儒,身在山林却周旋酬唱于权贵望族之间,"翩然一只云间鹤,飞来飞去宰相衙"。

有胸怀天下,身隐心不隐的。如南朝梁时道教上清派茅山宗始祖陶弘景,隐居茅山却助梁灭齐。后梁武帝屡聘其任官而不出,但又念念不忘为梁武帝治国方略出谋献策,史称"山中宰相"。

有蛰伏伺机,真隐真仕的。如姜太公、诸葛亮,隐时真隐,时机一到,出时尽出,大展宏图。

…………

隐士、隐居,关键在心态、在志向,故后来古人又说:小隐隐于野,中隐隐于市,大隐隐于朝。

是隐,是现?是出世,是遁世?自《易经》始,这种抉择一直拷问着古人,也叩问着今人,并由此衍生无数是非曲直,青红紫绿……

余还是认同苏东坡对陶渊明的评价:"欲仕则仕,不以求之为嫌;欲隐则隐,不以去之为高……古今贤之,贵其真也。"

考槃在涧,硕人之宽。隐哉出哉,存乎于道。

春天不是读书天
——春日迟迟，卉木萋萋

春天是美好的，万物复苏，生机盎然，莺啼燕语，桃红李白。《小雅·出车》是这样书写春天的：

春日迟迟，卉木萋萋。
仓庚喈喈，采蘩祁祁。

说的是：春天缓行天宇，花木繁盛葱郁。黄鹂喈喈啼唱，姑娘从容采蒿。区区十六字，展现出来的是一幅情趣灵动的西周春日图。

春天是诗人笔下永恒的题材，纪实描景，抒情写意，青红紫绿，争艳斗奇，如：

谢灵运："池塘生青草，园柳变鸣禽。"
孟浩然："春眠不觉晓，处处闻啼鸟。"
杜甫："随风潜入夜，润物细无声。"
韩愈："草树知春不久归，百般红紫斗芳菲。"

春天是希望的季节，给人美好的印象。而我的联想，却莫名其妙地和读书搅在一起，那是小时候的烙印。

读小学的时候，隔壁家任教小学的阿姨教了我一首打油诗："春天不是读书天，夏日炎炎正好眠。等到秋来冬又到，不如收拾待明年。"我当时并不明白阿姨老师为什么要教我此诗，但却受用，每背之时，摇头晃脑，朗朗吟诵，烂熟于心，也成了学习成绩不好的经典借口。那时，"文化大革命"刚刚开始。

长大后才知道，这首打油诗各地还有许多版本。究其出处，源自明末大才子冯梦龙编纂的《广笑府》，原诗为《怕读书》："春天不是读书天，夏日炎炎正好眠。过得秋来冬又到，收拾书籍度残年。"

"春天不是读书天"对那时的小屁孩来讲，可谓幸福无比。其实，名人也是这么讲的。

曾经有一首十分流行的"叛逆"歌曲，名为《春天不是读书天》，曲作者为语言学家、作曲大家赵元任先生，词作者则是著名的陶行知先生，其中几段歌词为：

春天不是读书天，关在堂前，闷短寿缘。
春天不是读书天，掀开被帘，投奔自然。
春天不是读书天，书里流连，非呆即癫。

陶行知是我国生活教育理论的创立者和实践者，他极力倡导"生活即教育""社会即学校"以及"教学做合一"，反对死读书、读死书。而他填词的《春天不是读书天》也与"读书无用论"一点关系也没有，因为是创作于20世纪30年代，那是一个特殊的抗日战争年代。

说起春天与读书的关系，我们自然会想起宋末元初的翁森老夫子。

翁森生于南宋理宗宝祐三年（1255年），南宋灭亡时他25岁。当时元朝废除了科举制度，读书人失去了仕进做官之台阶，陷入了"九儒十丐"的"臭老九"窘境。也正是这个时期，翁森以朱熹白鹿洞学规为训，在浙江台州办起了著名的安洲书院，先后从学者800余人。这期间，为劝世人读书励志，翁森写下了快意劝学诗七言绝句《四时读书乐》。其实在此之前，南宋理学家、教育家朱熹也写过一首《四时读书乐》，为五言绝句，其中《春》篇写道："晓起坐书斋，落花堆满径。只此是文章，挥毫有余兴。"因两人几乎处于同一时代，且诗名相同，故不少人张冠李戴，把翁森的七言绝句误以为出于朱熹之手。

翁森的《四时读书乐》对后世影响很大。名人大家赵孟頫、文徵明、唐伯虎、李鸿章等都书写过该诗，以为自勉；清代《四库全书》将此诗收录其中；民国初年该诗被编进国文教材，为中学生必读。该诗被湮没不传半世纪有多，甚是可惜。

《四时读书乐》分春夏秋冬四部分，其中《春》篇写道：

山光拂槛水绕廊，舞雩归咏春风香。

>好鸟枝头亦朋友,落花水面皆文章。
>蹉跎莫遣韶光老,人生唯有读书好。
>读书之乐乐何如?绿满窗前草不除。

好一个春天正是读书天:春风吹拂,流水淙淙;花恋水面,鸟鸣枝头。绿荫青翠,草香花香;景致斋雅,书香墨香。如此春日,这般乐读,赏心惬意,真乃幸哉!

孔子说过:"知之者不如好之者,好之者不如乐之者。"较之"黄金屋""颜如玉"以及"读书改变命运"等激情励志之句,《四时读书乐》的一个"乐"字,少了几分功名利禄,多了些许修身雅兴,也就多了自觉和乐趣。

春日迟迟,卉木萋萋;读书乐乐,惬意祺祺。

一句诗引发的"断章取义"
——溥天之下,莫非王土

大凡接触过中国古代史的人都知道有这样一种历史表述:"溥天之下,莫非王土;率土之滨,莫非王臣。"此话出自《小雅·北山》:

陟彼北山,登上北山,
言采其杞。去采山上的枸杞。
偕偕士子,健壮士子,
朝夕从事。从早到晚忙做事。
王事靡盬,王的差事没完了,
忧我父母。父母在家我担忧。

溥天之下,普天之下,
莫非王土。没有不是王的疆土。
率土之滨,四海之内,
莫非王臣。没有不是王的臣民。
大夫不均,大夫不公劳逸不均,

我从事独贤。唯有我的工作最艰辛。

——《小雅·北山》一、二章

西周时期，其"天下"和"四海"是一个怎样的概念呢？就是指当时存在的所有国及其国土。中国古代"国家"的概念是从秦始皇统一六国后形成的，而商周时期"国"指的是城邑，往往一座城邑就是一国。《说文解字》曰："邑，国也。"那时人们要表示"国家"的意思，一般用"邦"字。西周实行分封制，国则是诸侯所受封的地域，有土地、人民和政体。西周初年，大小不等的国约有上千个，至春秋时期，经过轮番兼并后只剩一百多个。

西周实行的是土地国有制，周王以家长制君临天下，为最高统治者，也是全国最高的土地所有者。"溥天之下，莫非王土；率土之滨，莫非王臣"，是对西周时期政治、社会制度的高度概括，也是中国古代社会的基本写照。

可谁又会想到，这句对中国古代社会的经典描述，竟然出自《北山》这首诗中的小士之口。士是当时贵族中最低的阶层，诗的表述是"溥天之下，莫非王土。率土之滨，莫非王臣。大夫不均，我从事独贤"。哦，原来是小士在发牢骚：都生活在王的国，都是王的臣民，都是王的差事，为什么你大夫分配工作如此不公，给我安排的差事又多又苦？

《北山》描述了一个日夜忙于王事的小士对社会劳逸不均表达的怨恨，是一首抨击周幽王重用大夫的政治讽刺诗。此诗对后世影响较大，人们在表述自己的观点时，往往征引该诗予以论证，也带出了另外一个蛮有意思的话题。《孟子·卷九》就记载了这样一件事：

咸丘蒙说："……《诗经》说'普天之下，莫非王土。率土之滨，莫非王臣'，而舜已做了天子，请问瞽瞍（舜之父）怎能不做他的臣子？"

孟子答道："这首诗不是这个意思，说的是抱怨为王事而不能奉养自己的父母……所以，解说《诗经》的人，不能因为文字影响了对诗的词句理解，不能因为词句影响了对诗的主题理解。"孟子回避了"为什么舜之父就不是舜天子的臣民"这一问题，但他强调征引《诗经》要先理解全诗的主题，不能仅仅停留在辞句的表面意义上，这样才能准确把握引用的词句。可孟子怎么也没想到，他的一番话，却给后人留下了一个千古话题：断章取义。

"断章取义"作为一个成语，出自《左传·襄公二十八年》："赋诗断章，余取所求焉。""章"指诗歌的段落，其意是指截取《诗经》的某一段落来表达自己的观点，只取需要的部分。时下，断章取义已沦为贬义词，但如果了解了它的产生和演变，你会觉得有点冤。

断章取义，自古就是《诗经》一个有效的传播形式。《诗经》在春秋时代影响很广，学习、背诵《诗经》已成为贵族人士必需的文化素养,特别是在与人交流或外交场合,常常摘引《诗经》,直接、曲折或形象地表达自己的意思,这叫"赋诗言志",想言什么志则引什么诗,或许这就是孔子所说的:"不学《诗》,无以言。"至两汉时此风更甚,或引《诗》之事,或引《诗》之意,或引《诗》之辞,或美、或刺、或和、或战、或讼、或断。如董仲舒以《诗》决狱,皇帝据《诗》废立妃后等。断章取义之风俨然成为社会时尚和一门学问,有着强大的政治和社会功用,亦在很大程度上影响到后人的思维和表述。

断章取义是一件很有意思的事,人们现在说它是贬义词,但为了更好地实现交际功能、追求最好的表意形式和最佳的表意效果,人们又在自觉或不自觉当中频频摘引诗词、文章句子或别人的观点,以此传神达意。其实没有人或文章能远离断章取义,而这种"取义"往往又是一个约定俗成的演变过程。如"始作俑者,其无后乎",其原义应是:最早以陶俑象征活人埋进死人墓中的人,难道他们断子绝孙了吗?但现在很多人都把这句话理解为:第一个制作陶俑的人,难道会没有追随者吗?如果上下文能贯通达意的话,你能说他错吗?这就是约定俗成。

近年来,在微博、微信朋友圈不时看到一些好像发现惊天大秘密似的转发文章,深恶痛绝地质疑如今人们常用的一些经典名句的正确性,尽诉被古人、前人愚弄之不快、不满。殊不知,名句、成语一旦离开了初显语境文义,就有了一定的独立性,其发生义变也就在所难免,或许这就是语言学和文学的张力和魅力。

当然,万事都不能随意而为,应该有规矩可循,唐人张鷟在《游仙窟》中给了我们答案:"断章取意,唯须得情,若不惬当,罪有科罚。"当然,我们还要加上"约定俗成"。

"父母官"之困惑
——乐只君子,民之父母

郡县治,天下安。近年,"父母官"之称谓又重浮水面,呼者虔诚,受者坦然,诸如《别忘了我们是父母官》《……喜迎父母官》《父母官的权力大小及运用》《当好人民公仆,做好这个父母官》等类文章也是随时可见,而且还是发表在主流媒体上,令人颇感诧异。

> 南山有杞, <small>南山种枸杞,</small>
> 北山有李。<small>北山长李树。</small>
> 乐只君子, <small>君子真快乐,</small>
> 民之父母。<small>人民好父母。</small>
> 乐只君子, <small>君子真快乐,</small>
> 德音不已。<small>美名恒永驻。</small>
> ——《小雅·南山有台》三章

《南山有台》是一首西周时期歌德祝寿的宴饮诗,也是"父母官"一词的最早源头。

"民之父母"在周代，指的是周天子或诸侯。据《礼记·表记》记载："使民有父之尊，有母之亲。如此，而后可以为民父母矣。"说的是，执政者要让民众既能感受到父亲般的尊严，又能有母亲般的亲慈，这样才能做好人民的父母。这里强调和倡导的是执政者所要担负的责任和使命，为政以德。

《孟子·梁惠王章句上》也记载了孟子与梁惠王类似的对话：

孟子："用木棒打死人和用刀子杀死人有什么不同吗？"

梁惠王："没有什么不同。"

孟子："用刀子杀死人和用政治害死人有什么不同吗？"

梁惠王："没有什么不同。"

孟子于是说："厨房里有肥嫩的肉，马房里有健壮的马，可是老百姓面带饥色，野外躺着饿死的人。这等于是在上位的人率领野兽吃人啊！……作为民众的父母，施行政治，却不免于率领野兽来吃人，那又怎么能够做民众的父母呢？"

至汉代，"民之父母"已有了地方官的特指含义。

《汉书·循吏传》记载，西汉末年，召信臣出任南阳太守，他"为民兴利，务在富之，躬劝耕农，出入阡陌"，深受当地史民之爱戴，民众尊其曰"召父"。

又《后汉书·杜诗传》载，东汉初年，杜诗也任南阳太守，他造作水排，修治陂池，广拓良田，"性节俭而政治清平"，民众称其为"杜母"。

这就是"前有召父，后有杜母"或"召父杜母"之典故来历，民众并为如此敬爱的父母官修建祠庙，以供时人及后代奉祀。

可见，"父母官"一词源自《诗经》，当时指的是天子或诸侯；汉以后，则是老百姓对地方官员的尊称，也是对为民办事、为民做主的地方官员的褒奖。

如此看来，当今我们把（或自以为是者）地方官员称为"父母官"或无不妥，但问题恰恰出在这里。

封建社会，整个国家机器就是一套完整的"家长式"统治，皇帝是大家长，各级地方官员则是以"父母官"自居的中、小家长。既然是家长，那平民百姓自然也成了家中儿女，而家长与儿女的关系则是支配与被支配、给予与被给予的关系。

问题接踵而来。天下有几个父母不支配儿女的？不是耳提面命，就是指手画脚；天下有几个父母不要求儿女孝顺的？也许嘴上含蓄，心中甚念。为什么？因为我生你养你，把你培养成人；因为我所做的一切都是为你好。所以为儿女的要听从、顺从、孝之、敬之。这是天伦父母的逻辑，也是人伦父母官的惯性思维或必然因果。

对此，儿女还不能有意见、有见解，更不能滋生抵触情绪或离家出走，否则乃大逆不道。因为祖训上明文规定"父父子子，唯父命是从"，故百姓也应唯唯诺诺，马首是瞻。

至民国时期，另一种与"父母官"截然不同的称谓横空出世，叫"公仆"。按当时的说法，上至国家领导人，下至基层官员，都是人民的公仆。

"公仆"一词是外来语，其借用的是当时所谓的西方政治观念。从父母官到公仆，地位无疑是一落千丈，而"仆人"的称谓也有问题，其本身就是一个不平等的概念。人应该是平等的，我凭什么要做你的仆人？我为什么要低人一等，甚至好几等？

我真怀疑当时引进西方政体观念时是否误用了"公仆"一词。事实上，好像没有哪个西方国家把公职人员称作"公仆"，所有公职人员都是人格平等的公务员，是一种社会职业。既然是职业，就得有报酬；既然拿了报酬，就得做事；既然做事，就得有职业道德。职业道德讲的就是服务，为人民服务，为社会服务。事情也许就是这么简单，不需佶屈聱牙的大道理。

当然，文化基因、语言表述都有一个延续的惯性过程，如今人们所说的"父母官"称谓，也许是朴素情感，也许是人云亦云，也许是幽默调侃。但不可否认的是，在缺失法制观念和契约精神的今天，如果还把这种惯性思维延续在从政为官上，这不得不令人诧异和费解。

人生路上 走着走着就成了"克隆"
——独行踽踽

我曾只身游走丽江白沙，写了一篇《又是早春二月时，独行踽踽白沙去》的短文，这其实是拾古人牙慧，抒自己情志而已。

有杕之杜，	路旁孤立赤棠树，
其叶湑湑。	它的叶子很茂盛。
独行踽踽。	单身独行孤零零。
岂无他人？	难道没有同道人？
不如我同父。	不如同父兄弟亲。

——《唐风·杕杜》首章

这是一首感怀人生的诗歌。诗人以孤立的赤棠树起兴，感叹一个人的孤独。赤棠树虽孤立，但还有茂叶相伴，行者却是孤身只影慢慢行走在路上。如此凄清苦闷，如此孤独寂寞，为什么没有人来亲近我、帮助我？因为他们不是我的兄弟家人。

诗中的"杕",指的是树木孤立状或特立貌;"踽踽",指的是小步慢行或独行的样子。这就是"特立独行"成语的源头,而完整表述则见于《礼记·儒行》:"同弗与,异弗非也。其特立独行有如此者。"不与意见相同者结党,也不抵制意见不同者。所谓特立独行者,应该不党同伐异。

提起特立独行,有人喜欢以嵇康为例。据说西晋时期的嵇康,白天在家裸体,朋友责怪他,他却说天地是房屋,房屋是衣服,你跑进我的裤子里面做什么?对此,我只认同是嵇康的怪癖或玩世不恭,在内涵上,还不如王小波笔下那只没死在屠夫刀下,后来自由奔跑在野外的特立独行的猪。

唐代韩愈在《伯夷颂》中写道:"士之特立独行适于义而已。"这也是古人对特立独行的释义,说的是读书人特立独行,不随波逐流,只是使自己的行为符合道义而已。

如按现在的说法，特立独行是指独特的思考方式和独特的行为方式，用以形容人的志向高洁，不同流俗，与众不同。如历史上的老子、孔子、商鞅、韩非等。

其实，我们每个人出生时都是"原创"，可是很多人活着活着就成了"克隆"。而特立独行的人，其所想、所做不一定全对，又或许存在不顾客观实际，但确实值得敬佩和尊重，不人云亦云，不随流同俗。他们有自己的思想，有自己的践行，我思故我在，我行而不惑。赢，清清楚楚；输，明明白白。如此，也就是龙应台所言："一个社会特立独行的人越多，天分、才气、道德、勇气就越多。"

时至今日，特立独行的话题又显得有几分沉重。曾几何时，历史把它与个人主义、右翼知识分子捆绑在一起，成了"万恶之源"，以致今人渐忘了这种特质精神或唯恐涉及。

"独行踽踽"的核心在于"独"，由此想到另一种意境，"独处"。

独处，按辞典的解释，是指个体与外界无互动，或意识上与他熟悉的群体分离，并能够自由选择个人身心活动的生活方式。也就是说，独处是以己为伴，离群而行。

"自古圣贤皆寂寞。"提起独处，人们很自然联想到孤独或寂寞，也容易将三者等同看待，只要是"独"，皆为心理负面。到底三者有何区别？100个人也许会有110个答案。

余冒昧以为，独处是一种方式，孤独是一种状态，寂寞是一种心境。独处是必要时主动、积极地从人群中逃离；孤独是待在人群中，身边却没有人陪伴；寂寞是有人陪伴的时候，也只能选择沉默。

人的一生，真正属于自己的时间并不多。和家人一起时，你的时间属于家人；和亲朋好友一起时，你的时间是公用的；当你上班时，你的时间又是单位的。我不否认人需要社交活动，与优秀的人在一起，你会变得睿智。但事实上，无谓的社交、应酬花费了我们太多的时间。遗憾的是，这个过程往往带来的是烦恼和浪费，甚至是危险和伤害。

德国著名哲学家叔本华在《关于独处》中认为：只有当一个人独处的时候，他才可以完全成为自己。谁要是不热爱独处，那他也就是不热爱自由，因为只有当一个人独处的时候，他才是自由的。

独处，是自我的放松。品一壶香茗，听风声雨声，看云卷云舒。让行走的时间，缓缓敲打着自己心底的那份淡淡的心思。

独处，是自尊的高尚。它带给你的，是娴静优雅和从容内涵。它与周围人群保持着恰到好处的距离，恰如其分的尊重。

独处，是释怀内心、抚慰灵魂的修持。真正的思想源自独处，真正的享受出自独处，真正的自我来自独处。

独处，在斗室、在山林、在路上……

日有思 夜有梦
——吉梦维何?

据史料记载,上古时期占卜相当流行,其主要内容之一就是占解梦境,古人认为梦境与人事凶吉有关,周代并为此专设占梦之官职。而这种梦文化在《诗经》中也有描述。

吉梦维何? 好梦梦见什么?
维熊维罴, 是熊是罴,
维虺维蛇。 是小蛇是大蛇。

大人占之, 请占梦官来解梦,
维熊维罴, 如梦见熊和罴,
男子之祥; 是生男孩的吉兆;
维虺维蛇, 如梦见小蛇和大蛇,
女子之祥。 是生女孩的吉兆。

——《小雅·斯干》六、七章

"熊罴叶梦"成语出于此,为祝贺别人喜添贵子之专语。

梦文化是中国古代文化中不可或缺的组成部分,尤其在民间流传很广,影响至深。说到占解梦境,人们很自然会想起《周公解梦》这本在民间甚为流传的奇书,这里的周公,指的是周公旦。

周公,姓姬名旦,为周文王第四子,周武王的弟弟。周公是我国古代著名的政治家,辅佐周武王灭掉商纣王,建立周朝。其实,周公与《周公解梦》一点关系都没有,这是后人借周公之名写就,作者是谁以及成书年代等,现已无法考证。

为什么周公会稀里糊涂地被"解梦"呢?据说,这事还真要怪孔子他老人家。

孔子极为崇拜周公,认为周公是为政者的典范,并且以周公时期的仁政为自己的政治理想,终身倡导周公制定的礼乐制度。他经常告诉别人:"久矣吾不复梦见周公。"哦,原来孔圣人也会做梦,但他经常梦见的是周公,是上档次的梦。说多了,听多了,于是时人戏称孔子做的梦为"周公之梦",以区别俗人做梦。

周公就这样不明不白地和做梦、解梦纠缠在一起了,如"和周公下棋""和周公约会""周公解梦"等等,占卜算卦者并视周公为其行业的鼻祖,周公真是够冤的。占解梦境一旦贴上了周公的标签,也就权威了,甚至堂而皇之登上大雅之堂。

当然，也有不冤周公的，那就是"行周公之礼"。

周公在位期间亲自制定礼仪，并从婚嫁习俗入手，对当时男女相处的混乱状况进行改革，规定男女从说亲到成婚要遵循七道程序：纳采、问名、纳吉、纳征、请期、亲迎、敦伦，史称"婚义七礼"，故后人把婚嫁称为"行周公之礼"。又因"婚义七礼"的最后一礼（入洞房）叫"敦伦"，所以男女合欢亦雅称敦伦或行周公礼。

日有思，夜有梦。梦是窥视内心的隐秘之镜，也是虚幻却真实的人生体验，还可以是灵感的源泉。东晋著名诗人谢灵运《登池上楼》那千古不衰的写景名句："池塘生青草，园柳变鸣禽"，据说是梦境中所得。在古代，关于做梦的亮点很多，如黄粱美梦、梦笔生花、南柯一梦等，当然，要说我国古代最伟大的梦，非"庄周梦蝶"莫属！

庄子是战国时期道家学派主要代表人物，姓庄名周。其一生做过最大的官不过是小小的漆园吏，主管漆园事务，闲来没事，老爱胡思乱想。一天睡着了，忽然做了个梦，恍兮惚兮的梦境中，自己变成了一只蝴蝶，于天地自然间翩翩飞舞……醒来后，他十分惊奇困惑，到底是我梦中变成了蝴蝶，还是蝴蝶梦中变成了我？

就是这个再平凡不过的梦，庄子从纠结走向了超然，最终成就了石破天惊的哲理名篇《逍遥游》，这看似莫名其妙，却正是妙不可言。《逍遥游》以超然的思维，提出了人不可能确切地区分真实与虚幻以及生死物化的观点，主张天人合一，清静无为。庄子这一哲学思想流布深远，至今仍氤氲弥漫于苍穹、山野之间。

"庄周梦蝶"的哲思风格，也引发了后世文人骚客的共鸣，成为对世事认知和人生感悟的重要意象。

如李商隐："庄生晓梦迷蝴蝶，望帝春心托杜鹃。"

如苏轼："风叶落残惊梦蝶，戍边回雁寄情郎。"

又如郑孝胥："心与惊鸿逝，书凭梦蝶回。"

《斯干》的"吉梦维何"是生理上的梦。但世间还有一种梦，一种理性、现实的梦，是目标，是誓言，是理想，这就是中国梦！13亿中国人共同的梦。

吉梦维何？维富维强！

凤凰去已久 正当今日回
——凤皇于飞，翙翙其羽

曾看过一则逸闻趣事，说黄永玉的家乡在湘西凤凰古城，一天，他想写一篇关于"凤凰涅槃"的文章，可怎么也找不到相关的材料，连佛教学会都请教过了，后来只好打电话给钱锺书。听了钱老一番点拨后，黄老方知原委……

《大雅·卷阿》是这样描写凤凰的：

> 凤皇于飞，翙翙其羽，亦傅于天。

凤凰在飞翔，百鸟展翅相随，迎着朝阳直上晴空。这是我国古代文学史上最早的"百鸟朝凤"图。

凤凰形象的起源约在新石器时代，有近万年的历史。凤凰亦称太阳鸟、玄鸟、朱鸟、瑞羽等。它是传说中的百鸟之王，与龙同为华夏民族的图腾，其雄为凤，雌为凰，亦可无性统称。

传说中的凤凰性情高洁，非晨露不饮，非嫩竹不食，

非千年梧桐不栖。雄鸣曰"即即",雌鸣曰"足足",雄雌共鸣曰"锵锵"(凤凰卫视"锵锵三人行"借用的应是此意)。

凰即"皇"字,为至高至大之意。凤凰是中国古代皇权的象征,常与龙一同使用,但从属于龙,用于皇后嫔妃。

凤凰又是美的化身,也是高贵和幸福的象征。龙凤呈祥是最具中国文化特色的图腾标志。受中国古代文化的影响,凤凰的形象在日本、越南、韩国、朝鲜等古代汉字文化圈国家中,也普遍出现并延续至今。

我国关于凤凰的传说俯拾皆是,以此入诗、入词、入赋、入戏、入曲、入书、入事的,又岂可恒河沙数?"凤求凰"就是相当愉悦的一例。

"有美一人兮，见之不忘。一日不见兮，思之如狂。凤飞翱翔兮，四海求凰。无奈佳人兮，不在东墙。"传说这是当年司马相如在卓王孙宴会上所弹奏的琴歌《凤求凰》，而卓文君正是听了这首曲子才动的心，才有了后来与司马相如的"月夜私奔"，也就有了那流芳千古、脍炙人口的爱情故事。

"凤凰涅槃"也是我们经常读到或使用的词组。但奇怪的是，在我国古代所有民间传说史料中，都没有"凤凰涅槃"一说，甚至《成语词典》也没收录该词条。余才疏学浅，也是费尽心思才知来龙去脉。其实，这是郭沫若先生自己创作的，这也难怪黄永玉先生苦觅无果，还是钱锺书先生遐览渊博。

郭沫若先生于1920年发表了一首长诗，诗名为《凤凰涅槃》。诗中以凤凰的传说为素材，通过一对凤凰的自焚并从死灰中更生的故事，表达了推翻旧社会、争取祖国自由解放的思想，折射出反帝反封建的"五四精神"。全诗基调雄浑悲烈，并保留了郭老一贯的浪漫情怀，是现代文学史上优秀的作品之一。如《凤凰同歌》章："啊！啊！火光熊熊了。香气蓬蓬了。时期已到了。死期已到了。身外的一切！身内的一切！一切的一切！请了！请了！"

通观此诗，细品其义，窃以为"凤凰涅槃"实际上是由3种文化汇通融合而成的新词组：

一是以中国古代传说中的凤凰为原型。虽说凤凰是百鸟之王，是神鸟，但传说中的凤凰是会离开的，会死的。

二是西方古代神话中的不死鸟。如古埃及神话中孤独而美丽的不死鸟，其500年（一说300年）为一次生死循环，生生不息。

三是佛教生死轮回意境。涅槃一词为梵语音译，意为灭度、寂灭、解脱等，延伸为烦恼之火灭尽，完成悟智之意。

于是，"凤凰涅槃"这朵初绽的奇葩，就有了这样的释义：凤凰是人间幸福的使者，每500年它就要背负世间的怨恨和罪恶，投身于燃烧的香木之中，以美丽和生命的终结，换取人世间的静好和幸福。同时，在肉体的痛苦和美丽的摧毁中，凤凰得到了生命的重生和美丽的升华。

2014年12月24日从互联网上看到一则网友发布的图文消息：当日傍晚，北京市西部天空呈现奇异而美丽的梦幻晚霞，宛若一只巨大的凤凰腾空翱翔，形象逼真，美不胜收。由此，想起了唐人李白《金陵凤凰台置酒》一诗中的凤凰意象：

借问往昔时，凤凰为谁来？
凤凰去已久，正当今日回。

山高人为峰 大道任我行
——高山仰止,景行行止

司马光在《故相国颍公挽歌辞》写道:"高山亡景行,流水失知音。"该诗句意象借取于《小雅·车辖》。

> 高山仰止,巍巍高山人仰望,
> 景行行止。笔直大道可驰骋。
> 四牡骈骈,四匹雄马跑不停,
> 六辔如琴。六根缰绳如拨琴。
> 觏尔新昏,与你相遇并成婚,
> 以慰我心。内心欣慰很欢喜。
> ——《小雅·车辖》末章

诗中的"止"为语助词,"景行"指的是大道或大路。西周时期的道路交通已相当发达,当时的郊外道路共分五级:一曰"径",为小路;二曰"畛",指田间道路;三曰"涂",宽可行一辆车;四曰"道",指宽平的交通干道;五曰"路",是比道更高级的道路,一般是从王都通向诸侯国的交通大动脉。实际上，当时道和路的表述并没有很严格的区分，往往道、路并用。据近年在陕西宝鸡周原遗址的考古发现，西周前期道路宽有11米，以当时的车宽约2.5米计，为双向四车道。又据《小雅·大东》记，当时的"周道如砥，其直如矢"，道路坚如磐石，笔直如箭，颇具风范。

《车辖》是《雅》诗中优秀的抒情诗篇，全诗5章，皆以男子口吻叙述娶妻途中的喜乐景致及对新娘的爱慕之情。末章写的是婚车队伍越过高山，进入大道，诗人此时仰望高山，前瞻大道，难掩心中喜悦之情：新娘如同高山，是那大道，令我景仰向往，连那抖动的辔绳也宛若琴弦，为我俩的幸福拨弹奏乐。

"高山仰止，景行行止"是经典诗句，朱熹认为："仰，瞻望也；景行，大道也。高山则可仰，景行则可行。"可见，此诗句原义指的是仰望高山，走在大路。诗人以此比喻新娘的形体硕壮和坚贞的德行（上古时期女子以硕为美）。

然而，这诗句到了汉代又有了新的内涵。司马迁在《史记·孔子世家》写道："《诗》有之：'高山仰止，景行行止'，虽不能至，然心向往之。"司马迁认为自己无法达到孔子的品德境界，但仍一心向往孔子，学习孔子。亦如汉人郑玄注解："古人有高德者则慕仰之，有明行者则而行之。"

再后来，此诗句成为"高山景行"之成语由来，意指高尚品德如巍巍高山让人仰慕,光明言行似通天大道使人遵循。亦可用以表达对一切崇高人物或事物的仰慕之情。

"高山景行"是一句神圣的成语,它涵盖了历史的精华,彰显出人类的智慧;它凝结了道德的准则,照亮着未来的前程。巍巍大中华,上下五千年,高山景行,心向往之!

孔子——你举起了"仁"的火把,照亮了"礼"的世界。满腹经纶,弟子三千。奔波列国,谈经论道。你用生命奠定了儒学的根基,用情感规矩了处世的准则。"天不生仲尼,万古长如夜。"有你,华夏文明更灿烂。

老子——道法自然,无为而治;博大精深,才思泉涌。区区五千言《道德经》,茫茫70亿人受益。世界被你折服,天下为你喝彩,就连美国总统也要跪拜在你的"治大国如烹小鲜"的理论下。你是华夏的,也是世界的。斯人已去,大音犹在,幽深静美的终南山仍在吟诵,深邃无尽的苍穹之上还在回荡:"道可道,非常道。名可名,非常名。"

屈原——举世皆浊唯你独清,众人皆醉唯你独醒。生不逢时,踽踽独行,"国无人莫我知兮";进亦忧,退亦忧,忧国忧民,感天动地。你那无奈的一投并不是逃避,而是对世人的唤醒,是换一种活法,精神不死。汨罗江水为此汹涌不平,端午俗节自此凭吊追思。"路漫漫其修远兮,吾将上下而求索。"

司马迁——当死神降临时,你选择了活。你深知生固然比死更难,但生却可以践志明行;苟且偷生不是你的怯弱,而是给历史交待一个良知。你屹立在史学之巅,手执春秋神笔,洞悉沧海桑田,为华夏写下了属于自己的族谱,泽后世得以寻根溯源。一部《史记》,与日月同辉,携天地长存!

....

仰望历史天空,一颗新星正耀眼升起,这就是中华民族近代以来最伟大的"中国梦",这就是新时代的"高山景行",两个百年的小康社会和民族复兴就是我们的崇高坐标和康庄大道,华夏儿女心向往之,行努力之。

梦是石,敲出星火;梦是灯,照亮行路;梦想是山,山高人为峰;梦想是道,大道任我行!